Emre Can Baki

KÜFÜR SOKAKTA

DOKUZ

KÜFÜR SOKAKTA
Emre Can Baki

Türü Deneme

Yayın Yönetmeni Ali Osman Başkuyu
Editör Şefika Aydın
Sayfa Tasarımı Ayhan Aslan
Kapak Tasarımı Orbay Orhan Emre
Kapak Uygulama Saffet Emin Reisoğlu

1. Baskı Kasım 2016, İstanbul
7. Baskı Ocak 2019, İstanbul

Yayınevi Sertifika No 23136
ISBN 978-605-4737-71-0

BASKI VE CİLT

MY Matbaacılık San. ve Tic. Ltd. Şti.
Maltepe Mah. Yılanlı Ayazma Sk. No: 8/F
Zeytinburnu / İstanbul
Tel: 0212 674 85 28
Matbaa Sertifika No: 34191

DOKUZ YAYINCILIK

Kartaltepe Mah. 49. Sokak No:10/A
Bayrampaşa / İstanbul
0212 640 00 35

EMRE CAN BAKİ

KÜFÜR SOKAKTA

DOKUZ

facebook.com/**kufursokaktaofficial**
instagram.com/**kufursokaktaofficial**
twitter.com/**kufursokaklarda**
www.kufursokaktaofficial.com

Tavsiye edilen kullanım şekli:

Rakı veya bira eşliğinde okuyun. Her sayfayı çevirişinizde küçük bir yudum alın. Kendinizi bulduğunuz sayfada bardağınızdaki içkiyi bitirin ve kitabı kapatın.

Küfür etmek sanatsa, en önemli eserim sensin...

Soğuk ve rüzgârlı bir geceydi. Bense gidip buz gibi bira almıştım. Aklımı sikmek lazımdı. Poşet tutan ellerim buz kesmişti. Sahilde rüzgâra karşı epey yürüdükten sonra rüzgârı kesen bir ağacın arkasına elimdeki poşeti boşaltarak üzerine oturdum. Isınmamış olsam da rüzgârın azalması vücut ısımın artması için yeterli olmuştu. Çok geçmeden etrafı boş gözlerle süzen uzun boylu ve paltosunun cebine şarap şişesi sokmuş bir kız yanaştı yanıma, titrek bir ses tonuyla ve çekingen bir edayla, "İyi akşamlar, burası biraz kuytu gibi, oturabilir miyim?" dedi. Hiçbir şey demeden elimle buyur ederek, ellerime hohlayıp cebime soktum.

"Neden?" diye bir soru sordu. Ancak soğuktan nefesi kesilmiş olacak ki biraz duraksadıktan sonra, "Neden bu soğukta buradasın?" dedi.

"Bilmiyorum," dedim. Daha açmamış olduğum biralar çim üzerinde duruyordu.

"Peki... Neden bu soğukta bira içiyorsun, için hiç üşümüyor mu?" dedi.

"Bilmiyorum, yarak kafalının tekiysem demek ki," diyerek gülümsedim. Paltosunun cebinden çıkarttığı pet bardağına, otururken yanına koyduğu şarabından doldurarak bana doğru uzattı.

"Al, kafana dik şu bardağı," dedi.

İçime soğuk işlediği için reddetmem mümkün değildi. Ellerimi cebimden çıkartarak şaraba uzandım ve şarabı tek seferde kafama diktim. Pet bardaktan içilen şarap, ilk defa bu kadar tat vermişti. Sıcak şarap boğazımdan süzülürken içimin ısındığını hissetmiştim. Pet bardağı geri uzatarak ismini sormuştum.

"Aslı ben, senin?" dedi.

"Ben de Emre, memnun oldum," diyerek elini sıktım, elleri sıcacıktı. Eminim ki bu gece içtiği ilk şarap değildi. Kafası biraz güzel gibiydi.

Gülümseyerek, "Öncelikle normal bir insan olmadığımı bilmelisin," dedi. "Olsun, ben de pek normal sayılmam. Baksana, bu soğukta bira aldım," diyerek anormalliğine anormallikle cevap vermiştim. Benden sonra cümlesine devam etti. "Kim olduğumu, ne olmak istediğimi, nerede olmak istediğimi de bilmiyorum. Sanırım kendimi kaybettim. İnan şu an burada neden içtiğimi bile bilmiyorum. Senin yanına gelip oturdum, sadece bunun nedenini biliyorum. Kuytu bir köşede rüzgârdan kaçmak için. Keşke insanlardan da bu şekilde kaçabilsem... Şimdi ne saçmalıyor bu demişsindir içinden. Evet, saçmalarım ben. Ama ben her zaman, her konuda saçmalarım. Sadece konuşurken değil; severken de, sevilirken de, yürürken de ve aklına gelebilecek her yerde saçmalarım ben."

"Anlat anlat, sorun değil. Alışkınım ben, dinlerim," diyerek önüme çıkartmış olduğum çerezlerden bir avuç alıp ağzıma tıkıştırdım. Bir avuç da Aslı'ya uzattım. Ağzına biraz çerez atarak alkolün verdiği rahatlıkla anlatmaya devam etti.

"Bugüne kadar kim bilir kaç kişiyle birlikte oldum, sayamadım. Hiçbirisiyle mutlu olamadım, şöyle soğuk havalarda falan sarılıp ısınacağım biri olmadı. Sürekli birileri geldi, birileri gitti. Binlerce öpüşme, binlerce sevişme, binlerce deneyim yaşadım. Biriyle bile mutlu olamadım. En az biriyle mutlu olmalıydım, biraz olsa da hak ediyorum diye düşünüyorum. Kötü biri de değilim ama istediklerini aldıkları zaman gidiyor gibiler. Ulan harbiden hiç gülmedi şu yüzüm be!" diye anlattı. Gerçekten yanında normal biri olarak kalıyordum. Alkolün etkisiyle saçmaladığının farkına varmıştım, kendini acındırarak ilgi bekleyen kevaşeden fazlası değildi... Günü birlik ilişkilerden medet uman, kendini sürekli güzel giyinerek pazarlamış, sevgiden, sadakatten, vefadan bir sikim çakmayan kevaşe gibi görünse de ön yargılı davranmamak için, "Hayat sana gülmüyor olabilir ama bazılarının anasını sikiyor, haberin olsun," diyerek fazla yargıda bulunmadan soğuk biramdan bir yudum aldım. Ancak gerçekten geri zekâlı gibi bir duruşu vardı. Sadece laf olsun diye konuştuğunu boş bakışlarından anlamıştım.

"Tamam, hayat bana da gülmesin ama birazcık mutlu olmak istiyorum ben ya, çok bir şey istemiyorum," dedi sitemkâr bir tavırla. Soğuktu ve oturmuş, saçmalayan bir geri zekâlıyı dinliyordum. Kalkıp gitmeyi bile düşündüm ancak oturduğum yer güzeldi ve ilk önce ben gelmiştim, gidecek birisi varsa onun gitmesi gerekirdi.

"Her gelene götünü açmak yerine kalbini açarsan belki mutlu olabilirsin," dedim ezici bir tavırla.

Biraz bozulmuş olacak ki şarap şişesini kafasına dikerken birden şişesini indirerek gözlerini üzerime dikti. Bozulmalıydı da zaten. Söylediğim o son cümleden sonra konuşmadan içkisini içerek boş gözlerle etrafı süzdü. Epey sustuk, tek cümle bütün sessizliği sağlamıştı. Gerçekten mükemmeldi. Çok geçmeden tuvalete gidiyorum diyerek ortalıktan kayboldu. Bir daha gelmedi.

***

Denizin ortasında ayağına kramp girmesi gibi,
Asansör halatlarının kopması gibi,
Beklenmedik anda gelen acı telefonlar gibi,
Beni sokağın ortasında bırakman gibi,
Aniden gelişen her şeyi sikeyim.

Evet!
Hayatta sevmediğim bazı şeyler var.

Mesela,
Sevdiklerini aldatanlardan,
Dostlarını sırtından vuranlardan,
Bir şeyi veya bir kişiyi elde ettikten sonra
Değerini düşürenlerden,
Her şeyi tüketenlerden,
Yolunda gitmeyen işlerden,
Karaktersiz insanlardan
Ve daha sayamadığım
Nice konulardan bahsediyorum.

İşte bunları sevmiyorum.
Sevmemekle kalmayıp,
Bir otoban dolusu küfrü,
Kapılarına kadar yol yapıyorum.

***

Parçalanmış kalbe hiçbir sikim yapamazsınız.

Aldığın her nefes, son nefesin olabilir.
Doyasıya çek içine dünyanın pisliğini.

Her şeyin bu kadar basit olmasına kızgınım. Her şeyin bu kadar kolay tüketilmesine kızgınım...

Sevdiklerimizin, dostluklarımızın ve daha birçok şeyin bu kadar kolay tüketilmesine kızgınım. Çok yazık, prezervatiften farksız oldu her şey! Alnımızda 'tek kullanımlıktır' yazmamasına rağmen bir kere kullanıp öylece siktirip gitmelerine kızgınım.

İyi geceler dileklerine rağmen, iyi geçmeyen gecelere kızgınım. Birazcık sevsin diye götünü yırttığın insanın, seni sikinin ucuna takmamasına kızgınım. Bütün o güzel hislerimizi kendine oyuncak yapıp oynayan orospu çocuklarına kızgınım.

Ne yapmam gerektiğini hiç bilmiyorum. Alışmaya çalışıyorum. Yapılan kahpeliklere, götlüklere eyvallah çekmeye çalışıyorum. Bazen bu yüzden en çok kendime kızgınım.

***

Eğer,
Sahip olduğunuz şeylere
Çabalamadan sahip olmuşsanız,
Büyük olasılıkla
Sahip olduğunuz şeylerin değerini
Bilmiyorsunuz demektir.

***

Bize yıllardır televizyonlarda,
Sıfır üretim hatasıyla doğmuş,
Her hareketi kusursuz,
Her hareketi özendirici orospu çocuklarını izletip
Hayatımızın ne kadar boktan
Ve acınası olduğunu gösterdiği için
Bize verilen bu teknolojik nimetlere şükretmeliyiz.

Evet, sıkıntımız büyük.
RUH HASTASI OLDUK.

***

Tedavi yöntemi kısmına sevgi yazdı doktor.
"Gelmişini geçmişini sikeyim doktor.
Dünyadaki en pahalı ilacı yazdın bana," dedim.

Gece yarısı sahilde bir bankta oturmuş, denizi izliyordum. Hafta içinin getirdiği o sessizlik çok güzeldi. Ardından sırt çantalı, bisikletli, hafif kilolu bir çocuk geldi. Bisikletten inmeden öylece karşımda durdu. Biraz bekledikten sonra, "İyi akşamlar ağabey, yaş kaç?" diye sordu.

Şaşırmış ve gülümseyen bir tavırla, "Yirmi bir, n'oldu!" dedim. "Daha küçük duruyosun ağabey!" dedi. "Hayırdır, sen kaç yaşındasın?" dedim. "Dokuz!" dedi. Biraz sustuktan sonra, "Ağabey, sigaran var mı?" dedi. "Kaç yaşındasın lan? Ne sigarası, totoş!" dedim. "Ağabey kızma. Canım çok sıkkın, ondan başladım!" dedi çekingen bir tavırla... "Neye sıkıldın olum, sevdiğin kız mı yüz vermedi? Sevdiğin çizgi filmi mi yayından kaldırdılar, ne yani?" dedim. "Yok ağabey, keşke öyle şeyler olsa!" dedi. Gözlerinin dolduğunu gördüm. "Ne oldu o zaman olum? Anlat bakalım," dedim. "Ağabey, annem babam beni hiç sevmiyor!" dedi, dolan gözlerini önce elinin tersiyle sildi ve hayata kızmış bir şekilde, "İçim yanıyo ağabey, Allah için sigara vermiyceksen gideyim ben," dedi. "Otur lan oturduğun yere, nereye gitcen gecenin bu saatinde," dedim sesimi yükselterek. "Bizim kaçakçı açıktır ağabey, oraya gidip bu seferlik borç yazdırcam!" dedi ve bisikletine binip hızla gitti. En fazla bir dakika! O bir dakikada koca hayatı özetledi.

İnsan, farklı kandan olan birileri tarafından sevilmediği zaman üzülüyor, kırılıyor ancak kendi kanından, canından biri tarafından sevilmediği zaman ölüyor.

Bazen duygusal, bazen fiziksel ölüyor insan ve ben az önce duygusal olarak ölmüş bir çocukla konuşmanın verdiği etkiyle eve koşar adım giderek anneme sarıldım.

***

Gün geçtikçe biraz daha parçalanıyorum,
parçalandıkça daha çok dağılıyorum.
Üstüne bir kadeh rakı içip toparlanamayışıma ağlıyorum.

Eyvallah, alıştım.
Ancak alışmış olmam,
Üzülmediğim anlamına gelmez.

Karşımda boş gözlerle,
Hissiz cümlelerle,
Yüreğimi delik deşik etmen gerekmez.

Siktir git artık,
Dayanamıyorum.

***

Öldürmeni temenni ederdim,
yaralı bırakıp gitmeni değil.

Sigara gibi yararsızdım bu dünyada.
Önce yaktılar, sonra söndürmeye kalktılar.
Unuttukları bir şey vardı;
o da kendimle beraber onları da yakacağımdı.

Sokak köşesinde oturmuştuk bizim mahalleden çocuklarla, çiğdem-kola yapıyorduk. Birden geçti adın. Anlatmaya başladım, anlatmaz olaydım. Anlattıkça gözüme güzel gelmeye başladın. Oysaki anlatmadan önce ne çirkindin aklımda...

Yıllar geçti, hafızamdan silemedim seni anlattığım ilk günü. Sonra işte seni anlatmaya başladığım o sokak köşesinde, elimde rakı şişesiyle seni kendime anlattım. Anlatmaz olaydım, ağlamaya başladım. Oysaki anlatmadan önce ne güzeldin aklımda!

***

Sana bakmayan bir çift gözü gözlemek.
Bilmediğin bir kokuyu özlemek.
Sana gelmeyecek olan birini beklemek.
Ne garip ulan!
Öylece seni ilk gördüğüm yerde oturup
Yıllarca beklemek.

***

Öylece karşıma geçip affetmemi istedi.
Dudaklarına baktım,
Hiç değişmemişti.
Yıllar öncesine ait,
O dudaktan çıkan birkaç cümle vardı aklımda.
Her hatırladığımda hayatımı siken,
Yaşama sevincimin amına koyan cümleler...
Sadece bu yüzden bile affetmeyebilirdim
Ama yine de affettim.
Hayatımın sikileceğini bile bile,
Yaşama sevincimin amına koyacağını bile bile,
Affettim.

İşte görüyorsun,
Kıran sen olunca,
Kırılmayı bile seviyorum.

***

Ben sandım ki, senin aşkın sıcak tutar.
Nereden bilebilirdim,
kışın ortasında ısınıp yazın ortasında donacağımı.

Bazen,
Savaşın ortasında kalmış gibi hissediyorum kendimi.
Sağımdan solumdan,
Kulağımın dibinden,
Gözümün önünden,
Binlerce dert sıyırıp geçiyor.
Bazı dertlerse göğsümü parçalıyor.
İmdat çığlığı atsam da duyulmaz artık sesim.
Savaş bu,
Sağ çıkan bile ölüyor...

***

Mümkünse sevdiklerinize her gün sarılın,
belki ölmeden önceki son sarılışınızdır.

Dünden kalan yarım rakıyı doldurdum.
Oturdum resminin karşısına,
Uzunca bir baktım.

Binlerce şey hissettim o an.
Ne hissettiğimi sorsan, anlatamam
Ama o an duygularıma tercümandı arkada çalan müzik.
"Bugün kederliyim!" diyordu Müslüm Baba.
"Bugün kederliyim, beterim bugün."

İşte o gün, bugündü.
Önce sigaramı,
Sonra önümde duran resmini yaktım.
Sadece benim gibi yanmanı istedim.
Biraz olsun ne hissettiğimi anlaman için.

Gerçi doğru ya,
Sen ne yanandan,
Ne de uğrunda ölenden anlarsın.

***

Ne olmak istediğim yerdeyim
ne de yaşamak istediğim hayatı yaşıyorum.
Bazen her şeyden kaçmak çözüm olabilecek gibi geliyor.

Önceleri içkiyi bilmeyen çocuklardık,
Şimdilerde yatmadan önce rakı içen çocuklar olduk.
Bu son olsun diye kaldırdığımız her kadeh
bizim sonumuz oldu.
Bizi bu derde atıp terk edenlerin gelmişini sikeyim,
Geçmişi zaten temiz değildi.

***

Rakı kadehinden önce gözler doluyorsa,
bir şeyler hep eksiktir.

Bana reva olarak gördüğün
Bu uyku tutmayan gecelerin de,
Senin de
Geçmişini sikeyim.

Yaptığın hiçbir şeyi,
Söylediğin hiçbir sözü sevemedim.

Biliyorsun,
Şerefsizlikti yaptığın...
Bir insana binlerce hayal kurdurup,
O hayallere kepçe vurmak şerefsizliktir.
Bunu sana defalarca söylemiştim...

***

Acıtır bazen sevdiklerin tarafından hatırlanmamak.
Acıtır bazen doğduğunuz gün.
Yalnızlığın ta kendisi olur,
vurur yüzünüze yüzünüze bütün yalnızlığınızı!

Üşürdün,
Hırkamı atardım üstüne.
Rakı kokusunu sevmem derdin
Ama yine de öperdin.
İkimiz de buram buram rakı kokardık.
İçme derdin,
Yine de içerdim.
Bütün gece susar,
Denizi dinlerdik.
Bak şimdi yoksun
Ama yanımdayken güzeldik.

***

Amına kodumunun hayatında hiç yüzümüz gülmedi, sanırsın yüz felci geçirdik.

Neden bilmiyorum ama
Hep bir şeyler eksik hissediyorum artık.
Her gelen bir şeyler aldı götürdü bizden.
Kimi geldi sevgimizi aldı,
Kimi ruhumuzu,
Kimi heyecanımızı,
Kimi aklımızı,
Kimi yüreğimizi,
Kimi gülüşlerimizi,
Kimi ağlayışlarımızı aldı götürdü bizden.

İşte bir tek canımız kaldı,
Onu da Azrail'e saklıyoruz.

***

Orospular ve çocukları
yeryüzünde her zaman sevilen insanlardır!

Mutsuzluğa alışmış olmam,
Benim kalbimi her seferinde
Sikebilecek olduğun anlamına mı geliyor?
Her seferinde seni affediyor olmam,
Seni bir dahaki sefere
Affedeceğim anlamına mı geliyor?

Bırak ulan, bırak,
Sen sevme.
Zaten sevmiyorsun da,
Biliyorum.
Sevsen,
Zulüm eder miydin hiç?

***

O gün seni beklerken bir tane sigara yaktım.
Geriye kalan on dokuz taneyi gülüşüne sakladım.

Hissizleştim.

Tilbe'nin nakaratlarında
Hüzünlenen insandım,

Şimdi,
Bütün duygularıma tecavüz edilmiş gibi hissediyorum.
Masum olan duygularımızı bile tükettiniz orospu çocukları!

***

Kafayı kesip atmaktan daha zordur bazen
kafadan silip atmak.

Garip geliyor bana ya,
O karşılıklı son yemek yediğimiz gün.
İşte o gün,
'Ayrılacağız biz!' deseydin,
Buna ihtimal vermezdim.
'Bir daha birbirimizin yüzünü göremeyeceğiz!' desen,
İnanmazdım.

Şimdilerde ihtimal veremediğim şeyleri yaşıyorum.
Bütün ihtimalleri siktin gittin.

***

Belki de
ömür boyu sizin yanınızda olabilecek birisini
göz ardı edişleriniz var ya,
işte o yanlarınızı sikeyim.

**Rakının yanına en iyi meze acıdır.
Eğer biraz acın varsa çok güzel ikili olurlar.**

Her şey lan, her şey tamam sanıyorum, yine de bir şeyler eksik çıkıyor. O eksiklik de hiç geçmiyor, ne olduğunu da çözemiyorum. Bak şimdi, hep eksik kurduğum o rakı sofrası bile tastamam. Şalgamlar, mezeler, kadehler... her bok yerli yerinde. Acılar, kederler, dertler, tasalar... her şey lan, her şey masada. Sonra işte inceden içmeye başlıyorum, anılar gözümde canlanıyor ve yavaş yavaş hatırlıyorum. Bir tek sen eksiksin be, o hep eksik olan rakı sofranız bile tamamken bir tek sen eksiksin diye söyleniyorum kendi kendime...

Karşımda duran boş tabaktan daha boş bakıyorum bu gece. Boğazıma kadar diziliyor acılar, ne kadar içsem de geçmiyor. Sonra gülüşün geliyor aklıma, artık bazı şeyler hem eksik hem fazla gelmeye başlıyor, boğuluyorum. Sabah olmuyor...

***

Bütün gün sıcakta iş aramış, yorgun düşmüştüm. Kafeteryanın birinde soluklanmak için oturup bir tane çay söylemiştim, hararetimi alsın diye. Kafamı geriye yaslamış, hem gökyüzünü seyrediyor hem de ara ara çayımı yudumluyordum. Çok geçmeden o sakin ve huzurlu geceyi bozan sikik bir sesle, "İyi akşamlar bayım!" dedi bayanın biri. Yorgun bir tavır ve ses tonuyla, "İyi geceler!" dedim, kafamı geriye yaslayıp gökyüzünü izlemeye devam ettim. Bir süre karşımda öyle durduktan sonra oturduğum sandalyenin arkasına geçti, kafasını kafamın üstüne getirerek bütün gökyüzümü saçlarıyla kapatmıştı. Gözlerini kırpmadan gözlerimin içine bakarak, "Sizinle tanışmak istiyorum bayım," dedi. "İnsanlarla hep böyle mi tanışırsınız?" diye sordum. "Hayır, sadece özel olduklarını düşündüğüm insanlara bu şekilde yaklaşırım," dedi. "Ben özel falan değilim, müsaadenle sıcaktan sikilmiş kafamı dinlendiriyorum!" dedim. Biraz yüzü düştü ama yerinden kıpırdamadı. Karşımdaki sandalyenin ayaklarını yere sürterek çekti ve masaya gürültülü bir şekilde oturdu. "Ruh hastası mısın?" dedim. "En az senin kadar!" diye sitemkâr bir şekilde cevap verdi ve bir süre bekledikten sonra şöyle devam etti: "Bayım, sizden çok hoşlandım. Sizinle bu güzel geceyi birlikte geçirmek istiyorum," dedi ve beynim akmıştı o an.

Fazla sürmeden toparlandım, neden olmasın gibisinden konuşmaya başladım. Ancak beni tanımadığını ve bunu neden istediğini sorduğumda ise benden hoşlandığını söyledi. Hesabı ödeyip tek göz odalı evime beraber yürümeye başladık. Salak ve ruh hastası olduğu aşikârdı ancak uzun süredir yalnızdım, pek de fark etmezdi.

Evimin kapısını açtığımda şaşkına dönmüş gibi duruyordu, ancak bunda şaşılacak pek bir şey yoktu. Benim gibi salaş giyinen bir insanın evi ne kadar lüks olabilirdi? Yatağın üzerinde duran gömleklerimi ve pantolonlarımı itekleyerek yere attım, yatağın üstünde sadece bir tane yastık ve biz olacaktık. Arkamı döner dönmez boynuma sarılarak öpmeye başladı. Işıklar birdenbire kesilmişti, duvara yaslanarak öpüştüğümüz için yanlışlıkla kapattığımı düşünmüştüm. Bir saniye, diyerek lambanın düğmesine basmıştım ve yanmamıştı. Müsaadesini isteyip, cebimdeki çakmağı çıkartarak masadaki mumu bulup yaktım. Ben mumu yakmaya çalışırken üzerindekileri çoktan çıkartmış, yatağa uzanarak beni bekliyordu. Ben de yanına usulca yanaşıp öpmeye başladım. Öpüşürken siluetimiz duvara yansımıştı.

Mum fazla olmadığı için eriyip sönmüştü ancak gecenin sabaha yaklaştığı saatlere kadar durmadan seviştik. Sonra biraz duraksadık, o suya hasret balık gibi uykuya daldı. Masanın üzerinde duran dijital saatime baktım, 4:32'yi gösteriyordu. Ne kadar doğruydu, bilmiyorum... Ben de biraz tavanla kesiştikten sonra su içmek için ayağa kalktım. Dilim damağıma tecavüz ediyormuşçasına yapışmıştı. Öpüşmeyi biraz fazla kaçırmıştık. Duvara elimi sürte sürte dolaba ulaştım. Dolaptaki soğuk sudan içmeyi beklerken leş gibi bir kokuyla karşılaşmıştım. Elektrikler gittiği için içindeki bütün ıvır zıvır bozulmuştu. Suyu alıp dolabın kapağını ayağımla iterek kapattım ve halen soğukluğunu koruyan suyu kafama nefes almadan diktim. Ardından tuvalete gidip, tuvaletin deliği haricinde her yere işedim. Sevişme sonrası genelde işerken çift başlı ejderha misali gibi sağa sola ateş püskürtürmüşçesine işerim... Biraz su döktükten sonra masa üzerindeki sigara ve çakmağımı alıp balkona çıktım. Sigara ve çakmak arasındaki çakışma faslından sonra sigaradan derin bir fırt çektim. Manzaram iki çöp kutusu ve birkaç kediydi.

Gün ağarmaya yakın uykusu kaçmış olan birkaç insan benim gibi balkonda, ayaklarını görüyordum. Sokaktaki kedilerle biraz kesiştikten sonra sigarayı karşımdaki çöpe fırlatarak içeri girdim. Yatağın yanına geldiğimde üzerimde hiçbir şeyin olmadığının farkına vardım. Hangi ara üzerimi soyduğumu hatırlamıyordum. Ayrıca dışarıdaki kedilerin neden beni kestiklerini şimdi daha iyi anlamıştım...

Yatağımda saçlarını bir yana atmış, boynunun bir tarafı öpülmeyi bekleyen, boylu boyunca uzanmış hatuna yanaşarak bacaklarımı üstüne attım. Uzun süredir böylesine güzel sevişmemiştim. Günün stresini iyi atmıştım. Rahatça uyuyabilirdim. Ama çok sürmedi. Sabahın erken saatlerinde uyanmış, yatağın içerisinden kapısı açık balkondan dışarıyı seyrediyordu. Uyanmamış gibi davranarak uykuma devam ettim. Daha fazla taklit yapamayıp yataktan kalkarak günaydın, dedim. Dünkü neşeli ve eğlenceli halinden pek de eser kalmamıştı. Yorgun ve bitkin bir ses tonuyla günaydın, dedi.

Masa üzerinde duran faturaları topladım. Gece geldiğimde yere iteklemiş olduğum kıyafetlerimi silkeleyip üzerime çektim. Sonra konuşmaya başladı, pek kulak asmadım. Ses tonunu yükselterek onu sevip sevmediğimi sordu. İyi biri olduğunu ve yatakta da fazlasıyla azgın olduğunu söyledim. Güldü ve ardından ağlamaya başladı. Ruh hastası olduğu kanaatini dün gece getirmiştim, ancak sabah bu davranışıyla onayladı. Neden ağladığını sorduğumda, âşık olduğunu ve beni sevdiğini söyledi. Ben de yüzüne karşı salak orospu, diyerek güldüm. Daha dün gece tanışmış olduğun birine nasıl bu kadar hızlı âşık olabilirdi insan? Nasıl bu kadar kolayca sevebilirdi, aklım almıyordu. "Canının her dakika yarak çekiyor olması, âşık olduğun anlamına gelmez kevaşe ve aşkın ne olduğunu bilmiyorsun, bana kalırsa aşk lafını ağzına aldığın yaraklarla karıştırmışsın sen," diyerek yere devrilmiş olan şarap şişesini kaldırıp kafama diktim. "Seni ayyaş orospu çocuğu!" diye bağırdı. "İnsan sevdiğine böyle mi seslenir lan, senin istediğin şey aşk falan değil, sen amına girecek olan yarağın peşindesin. Şimdi malikânemden siktir git, yoksa dün gece siktiğimden daha beter sikerim," dedim. Ancak bu dediğimi yapmak onun hoşuna giderdi. Yanlış şeyle tehdit etmiştim. Neyse ki kalkıp giyindi, hiçbir şey söylemeden kapıyı çarparak gitti.

İşte beyler bayanlar, birisiyle düzüşmek için kılıf uydurmanıza gerek yok. Benden istediği aşk veya sevgi değildi. Birisini öpüyor olman veyahut biriyle düzüşüyor olman, o kişiyle yalandan bir sevgi bağı kurup o kişiyi sonsuza kadar kendine bağlayacağın anlamına gelmiyor. Duygularınıza prezervatif takıp sevişmekten vazgeçin. Biriyle öpüşmek için veya düzüşmek için sevgiyi ve aşkı karıştırmayın!

***

Modern tıp her hastalığa çare bulur da
şu karakter kanseri orospu çocukluğuna bir çare bulamaz.

Hayatıma girer girmez bir şeyleri toplamaya çalışma. Dur, yeni geldin. Otur şöyle soluklan. Derin bir nefes al ve beni olduğum gibi kabul etmeye çalış. Yapamayacağım şeyler isteme benden. Biliyorum neleri değiştirmek istediğini. Önce biraz kilo alıp spor yapmamı isteyeceksin. Zamanla değiştirmek istediğin şeyleri ufak ufak dile getirmeye başlayacaksın. Bir gün karşıma geçip sigarayı bırakmamı isteyeceksin. Kendimi rahat hissettiren ne varsa hepsini benden almak isteyeceksin. Değiştirmeye doyamayıp alkolü bırakmamı da isteyeceksin. Beni ben olduğum için sevmiş gibi yapıp her şeyimi değiştirmeyi deneyeceksin. Yetmeyecek. Hiçbir şey yetmeyecek. Giyim tarzımı değiştirmemi isteyeceksin. Beni değiştirmeye çalışmana küfür edeceğim, küfrü bırakmamı isteyeceksin. Ne yaparsam yapayım, beni ben yapan bütün özellikleri alıp değiştirmek isteyeceksin. En sonunda sen çok değiştin diyerek gitmek isteyeceksin. Yapma! Bırak, bazı şeyler olduğu gibi güzeller, bazı kişiler olduğu gibiler. Bırak toplama, dağınık kalsın bazı şeyler. Boş ver...

***

İyi ki tanışmışım dediğin kişinin
keşke tanımasaydım dediğin kişiye dönüşmesi
sizce de edilen en ağır küfürlerle yarışmaz mı?

Sanmayın ki,
yaptığınız orospu çocuklukları yanınıza kâr kalacak,
bir gün elbet sizin de amınıza koyulacak.

Yalnızlığın sigara kadar zararlı olduğunu bilim insanları kanıtlamış. Yalnızlık veya toplumdan kendini soyutlama olarak adlandırdıkları bu araştırmada, koroner kalp rahatsızlıklarına yakalanma ve felç geçirme riski olduğunu belirtmişler. Ben hem sigara içiyorum hem yalnızım. Yani ölüm riskimi bilim insanlarına göre iki kat arttırmış bulunuyorum. Diyelim ki yalnız değilim ve sigara içmiyorum, bunca orospu çocuğu içinde sağlığımı koruyabileceğimin garantisini kim veriyor? Neden orospu çocuklarının koroner kalp rahatsızlıklarına yakalanma ve felç geçirme riskimi arttırdığından bahsetmiyorsunuz? Açık söylüyorum, orospu çocukları sigara ve yalnızlıktan daha zararlıdır. Bilim insanları bu orospu çocuklarını detaylıca bir araştırmaya tabi tutarlarsa, sigara ve yalnızlıktan daha zararlı olduklarını görecektir. Bu tespit de benim modern bilime armağanım olsun!..

***

Egosundan, kibrinden
insanları dış görünüşüne göre yargılayanlar
kendilerine yalnızım demesin.
Onlarınki seçilmiş bir orospuluk.

**Bu saatten sonra nefes almak,
tekrar tekrar ölmek gibi bir şey.**

Bu boş sayfaları beni bıraktığın günün anısına dolduracağım, içimdeki o koca boşluğu buraya yansıtacağım. Bıraktığın yara izlerini göstereceğim. Öldürmeyip hayatta bıraktığın zamanki kahpe merhametinden bahsedeceğim. Yakıp kül ettiğin enkazdan bahsedeceğim. İçimde oluşturduğun binlerce felaketin aynılarını yaşamanı dileyeceğim...

Öldürmeyip acı çekmemi zevkle izleyişin, bir gün senin kâbusun olacak. Her gece gireceğim hayatına, yerli yersiz uyanışların olacak, kafanı yastığa koyduğunda bir sağa bir sola çevirecek ve hangi tarafa çevirsen beni görecek, beni hatırlayacaksın. Uykuların kaçacak, katil olduğunu hatırlayacaksın. En güzel duygulara bıçak taktığını hatırlayacaksın. Öldür ulan, öldür, diye bağırışlarım kulaklarında çınlayacak ve ben gibi acı çekmeyi hatırlayacaksın.

***

Biz bok değiliz lan,
öylece sokağın bir ucunda kaldırıma oturmuş,
diğer çocukları izleyen yalnız çocuklarız.

Seni ilk gördüğüm günün anısını sikeyim.

O gece oturup bütün rakıyı içtim. Ayakta duracak mecalim yoktu, ben de oturdum. Uzun süre dalgaları seyrettim. Uzaklara daldım. Derin derin baktım gözlerine bakarmışçasına. Hâlbuki ben gözlerine hiç bakamamıştım. Karşımda bir kere durmuştun, onda da söyleyeceğim iki kelimeyi bir araya getiremeyip kızarmış bir şekilde yere bakıyordum. O an gözlerine baksam, bu intihar sayılırdı. Bakmadım. Dokunamadım da. Şimdilerde düşünüyorum da benim dokunmamın hayal olduğu, gözlerine bakmamın intihar olduğu dünyada kim bilir kimler kullanıyor seni... İşte bugün tam 8 yıl 2 ay oldu. Seni gördüğüm zaman doğan bebekler şimdi okumayı yazmayı öğrendi. Bir ben seni nasıl unutacağımı öğrenemedim.

***

Samimiyetsiz gülüşlerinizin arkasında yatan
o orospu çocukluklarınızı sikeyim.

Sevdiğini görebilen,
Sarılabilen,
Sesini duyabilen insanlar
Benim gözümde hep şanslı olmuştur.

Bir kere ulan,
Bir kere daha o gözlerine bakabilmek için çıldırıyorum.
Yüzün halen aklımda ama sesin,
İşte o hiç yok.
Ah be, sesini duysam...
O sesinin güzelliğine bin kadeh rakı kaldırırım.
Nitekim sesin olmasa da birkaç resmin var bende.
Her gece farklı bir resmini karşıma koyuyorum,
Oturup içiyoruz.
Her gece gözüme daha güzel geliyorsun be!
Biraz konuşup kafamı ütülemeni isterdim.
Yoksun ama olsun,
Alıştım artık.

***

Neden bütün orospu çocukları mutlu?

Bir kere yutkundum.
Öyle işte gözüm,
Bizim hikâyemiz de diğer tüm hikâyeler gibi,
Kavuşamadan sona erdi.

Bilmiyordum neler yaptığını,
Açıkçası öğrenmek de istemiyordum.
Sadece bekliyordum.
Şehrimin kapısından,
Gözleri uykulu gireceğin günleri bekliyordum.
Sonra duydum ki sevdiğin varmış,
Şehrimin kapısından elinde başka bir el ile girecekmiş.
İkinci sefer yutkunmam mümkün olmadı.
Hayatımızdan geçerken bıraktıkları izlerden bihaber,
Her şeyin kendileri gibi hızla gelip geçeceğini düşünüyorlar.
Arkalarında bıraktıkları o yıkıntı,
O enkazdan sağ çıkmamızı bekliyorlar.
İşte tam da bugün,
Yarım bırakılan hayaller
Ve hayatlar kadar hüzünlüyüm.

***

Bazen küfür etmek de kesmiyor,
oturup susmak lazım karşısında.

İnceden yağmurun çiselediği bir günde, sahildeki iskelede öylesine uzaklara bakadururken özgürlüğün ne olduğunu sorgulamaya başlamıştım. Sorsak herkes özgürdür ancak kaçımız tam anlamıyla özgürüz ki? Hatırlatma mahiyetinde özgürlüğü kısaca tanımlayacak olursam; herhangi bir koşulla sınırlanmaya, zorlamaya, kısıtlamaya bağlı olmaksızın düşünme ve davranma durumudur. Ancak benim için özgürlüğün tanımı; ölüme yakın olmaktır.

Çünkü hiçbir insan ölüme yakın olmadan tam anlamıyla özgür olamaz. Ölüm ne kadar yakınsa o kadar özgür olabilir bir birey. Eminim ki şu anda bir ay ömrünüzün kaldığını öğrenseniz, hangi koşulda olursa olsun istediğiniz şeyi yapmaya ve konuşmaya başlarsınız. Hayallerinizi gerçekleştirmek için o kısacık zaman dilimine sokmaya çalışmanın ne kadar acı olduğunu anlarsınız. Yıllardır yapmak istediğiniz, olmak istediğiniz şeyleri ertelediğinizin farkına vardığınızda, son pişmanlığın fayda etmediğini anlarsınız...

Unutmayın, hayat; hayallerinizi ve özgürlüklerinizi erteleyecek kadar uzun bir maraton değildir. Ölümün her ne kadar uzak olduğunu düşünseniz de bugün özgür olun, hayallerinizi gerçekleştirin ve istediğiniz kadar bağıra bağıra küfredin!

***

Şimdi benden başkasına gülerken
yanağında oluşan o gamze çukurun var ya,
işte onu sikeyim.

Asıl mesele gelecek olman değil,
Benim bunca umutsuzluğa rağmen,
Bekliyor olmam.

Binlerce kez denedim,
Koduğumun hayalinle yaşamayı.
Hayallerime girmen bile lüksken,
Ben kalkıp halen elini tutmayı bekliyorum!

Biliyorum aptallık oluyor,
Biliyorum...
Alışmam gerek.

Bazen böyle olur işte,
İflahın sikilinceye kadar içersin.
Tıpkı milyarlarca yaşayan insanın hayalleriyle
Ve umutlarıyla bir gömüldüğü gibi,
Alışman gerekir.
Alışamasan da
Alışmış gibi yapmayı öğrenirsin mezara girinceye kadar.

***

"Seni artık sevmiyorum," dedi.
Lügatimde öyle bir küfür yoktu
ama ağırıma gitti.

Bazı insanlar içer,
Bazı insanlar susar,
Bazı insanlar ağlar,
Bazıları da kaçar.

Bazense bazı insanlar;
Ne içerek,
Ne susarak,
Ne ağlayarak,
Ne de kaçarak kurtulur geçmişinden.

Ayağına bağlanmış bir ip misali gibidir geçmiş.
Sen nereye gidersen git,
Peşinden gelir.
Sayıp sövsen,
İçip sıçsan da kurtulamazsın.

***

Ben hep yanındayım diyen amına koduklarımın gidişlerini sikeyim.

Daha önce hiç lavabonun içinde kalan son pislik gibi hissetmemiştim kendimi.

Sevmenin verdiği o garip bağımlılık hissiyle her gece fotoğrafları ellerimde, öyle safça bir sevgiyle bakıyorum. Zamanla olmayacağını anlıyorum ve hakikat tüm hızıyla yüzüme çarpıyor. Derin bir hüzün kaplıyor içimi. Bilmediğim bir kokuyu özlemenin, tutmadığın bir elin avuç içlerini öpmenin, gelmeyecek birinin yolunu gözlemenin ne demek olduğunu öğreniyorum yavaş yavaş. Tekrar tekrar yüzüne çarpıyor hakikat ve kızıyorum. Herkese, her şeye sitem duymak geliyor içimden. Masaya vuruyorum boş rakı bardağını. Zifiri karanlığı bozan o sokak lambası aydınlatıyor içeriyi, bir de fotoğrafların. Sevilmemenin verdiği o garip bağımlılık hissiyle her gece biraz daha eriyor içim, kutuplar misali. Eksiliyorum günden güne. Ağlamak geliyor içimden, gözlerim hafif dolar gibi oluyor, yine de ağlayamıyorum. Kafamı koltuğa yaslayarak tavana bakıyorum. Ardından mırıldanarak ezberlediğim o şarkıyı söylüyorum: Her gece daha yorgun, her sabah daha kırgın, tam da bugün çok yalnız.

***

**Senin yaptığın orospu çocukluğu sanat niteliğindeydi.
Sergilenmesi gerekirdi.**

Aslına bakarsan mutlulukla mutsuzluk arasındaki o ince çizgideyim. Şimdi size biraz o ince çizgide yapılan kahpeliklerden bahsedeyim... O ince çizgi üzerindeyken çok itildim mutsuzluk tarafına. Seviyorum deyip de yapmadıkları orospu çocuklukları, yapmadıkları kahpelik kalmadığı zaman daha da hissizleşmeye başlamıştım. Hayatımın ortasına koyduğum insanlar, hayatımın amına koyduğu zaman anlamıştım sevmek, sevilmek neydi. Zamanla anlamıştım her şeyi. Zaten hep zamanla anlar insan, zamanla geçen tek şeyin zaman olduğunu. Kişilerin suretlerinin değiştiğini ancak yapılan yanlışların, hainliklerin, orospu çocuklarının izlerinin ebedi kaldığını...

Üzülüyorum işte. Evimin bir köşesine geçip kafam güzelken bunları yazıyor olduğum için üzülüyorum... Çok düşündüm geceleri. Evet, ben geceleri düşünürüm genellikle. Sessiz sakin, anason kokusunun üstüme sindiği gecelerde. "Bunca yapılan kahpeliklere rağmen içimizdeki bitmek bilmeyen amına koduğumun umudu bir gün bitecek, işte o zaman öleceğiz!" dedim kendi kendime sayıklayarak...

Biz hep seveceğiz. Sevilmediğimiz gibi seveceğiz, nefretle seveceğiz, inatla isteyeceğiz, küfreder gibi samimi şekilde seveceğiz! Bir gece kapısında biteceğiz, zili basılı kalacak ve tersleneceğiz. Kafamızın güzelliği sevgimizden olacak ve yine seveceğiz! Tabii ki biraz da sevilmek isteyeceğiz, vefalı yanlarımızdan, uykusuz bırakılan gözlerimizden, bakışlarını kazıdığımız aklımızdan, işte biraz da sevilmek isteyeceğiz sevilmeyen yanlarımızdan.

***

Yeni güne kuş gibi uyanıp rüzgârla ayılmak isterdim ama insan gibi uyanıp orospu çocukluklarıyla ayıldım.

Bütün gece cinayetlerden ve katillerden bahsettim. Öldürme eyleminin sadece fiziksel olarak değil, duygusal olarak da olabileceğinden ve bazen bir bıçak darbesinden daha yaralayıcı cümlelerin, susmaların olabileceğinden bahsettim. Sonra az çok tanıdığım ünlü katillerden bahsettim. Kadın cinayetlerinin erkek cinayetlerine nazaran daha fazla olduğunu, ancak bu durumun eşit olabileceğinden bahsettim ona, biraz şaşırdı. Erkekler, genellikle kafasında hayalini kurduğu fizikte ve görünüşte bir kadınla birlikte olurlar.

Kadınlarsa, genellikle kafasında hayalini kurduğu duygusallıkta ve davranışlarda erkeklerle birlikte olurlar. O yüzden erkek katiller cinayetlerini fiziksel olarak gerçekleştirir. Genelde arkalarında binlerce iz bıraktığı için kısa zamanda yakalanırlar.

Kadın katiller ise cinayetlerini duygusal olarak geçekleştirir. Yani kadınlar kusursuz denilecek kadar iyi katillerdir.

Bunu kimi zaman bir sözle, kimi zaman susmasıyla, kimi zaman da gitmesiyle yapabilir. Söylediği sözlerden aşağı kalır yanı yoktur susmasının. Bir de ansızın gitmeleri vardır, yersiz ve zamansız... Geceyi veya sabahı beklemeden... Fiziki olarak zarar vermemiş olsa da karşı tarafın duygularına yüzlerce bıçak darbesi takıp gitmiştir. İşte bu, gerçekten kusursuz cinayettir. Ve bu olay dünyanın hiçbir yerinde suç olarak geçmez. Her ne kadar erkek katiller kadın katillerden çokmuş gibi görünse de, bu durum benim gözümde hep eşit olmuştur.

***

Sen en güzel duyguların pezevengisin.

Dönsen Bekleyenin Yok,
Kalsan Fazlalıksın!

1. BÖLÜM

Kafam güzeldi. Apartmanın elektrikleri olmadığı için ellerimi duvara yaslaya yaslaya çıktım. Elimi kapıya yasladım, cebimden çıkarttığım anahtarı yere düşürdüm. Kapıya yaslanarak anahtarı alırken çıkan gürültüden olacak ki kapıyı açtı ve içeriye yığıldım. İlk tepkisi, "Bu ne hâl ulan?" oldu. Ağzımı açamadım. Uzun süre kapının eşiğinde öylece uzandım. "Bir gün içerken gebereceksin," diye söylenmeye başladı ve yerden kaldırmak için birkaç girişimde bulundu.

"Bırak lan, bırak," dedim.

"Böyle mi kalacaksın gece boyunca?" dedi.

"Leyla, beni bu hale düşüren sensin," dedim.

"Ne yaptım?" dedi.

"Beni yaptıkların değil, yapmadıkların bitirdi," diyerek yavaşça yerden kalktım ve salona doğru çaprazlar çizerek gittim. Koltuğa uzandım ve içki kokusundan rahatsız olduğunu fark etmiştim. Beni normal halimle kabul etmeyen biri, bu halimi çekebilir miydi?

"Leş gibi kokuyorsun," diyerek balkonu açtı. Dışarıdan gelen soğuk hava az da olsa ayılmama sebep olmuştu. Balkonda sandalyesine oturmuş, sigarasını içiyordu.

"Ciddiyim, bir gün içerken öleceksin," diyerek balkondan seslendi.

"Çok yaram var, içerek ölmezsem zaten bu yaralar beni öldürür."

"Beraber sararız yaralarını, olmaz mı?

"O kadar yaraladıktan sonra bunu söylemen garip değil mi? Neden bana merhamet ediyorsun? Hem benim yaralarım fiziksel değil, ruhsal. Şimdi sarıp sarmalasan da geçmez yaralarım," dedim. Cevap vermedi. Verilecek bir cevabı olmasa bile gelip sarılmasını beklerdim. Hiçbir sikim demeden ruhsuz tavrıyla balkonda ikinci sigarasını yaktığını duydum ve devam ettim.

"Sana hiçbir zaman içimdeki çatışmaları, yıkıntıları göstermedim lan. Daima güzellikleri gösterdim. Yine de sevmedin. İçimdeki bunca acıya, bunca kedere rağmen birazcık da olsa o ağlamaklı gülüşümden sevebilirdin," diyerek balkona gittim. Kafamın sallantısı devam ediyordu. Karanlıktı, balkonu aydınlatan sarı sokak lambasının vurmadığı tarafa oturmuş, ağlıyordu. Neden ağladığını sorduğumda cevap vermedi. Kilimin üstüne oturup balkon demirlerine yaslanıp yüzüne baktım. Tekrar neden ağladığını sordum.

"Olmuyor işte, olmuyor! Sevemiyorum! Defalarca denedim sevmeyi... Denemedim mi sanıyorsun?" dedi hıçkıra hıçkıra.

"Neden halen buradasın o halde, neden sevmediğin biriyle kalıyorsun? Niçin katlanıyorsun bana, git madem. Git kimi seviyorsan, kimle mutluysan oraya git, ne sikim yapıyorsun burada?" dedim.

"Gidecek yerim mi var lan?" dedi. Gözlerini ovuşturdu. Saatime baktım, 04.32'ydi. Gece de bitmişti ben gibi. Kapıyı çarpıp gittim. Nereye diye bile sormadı. Ben de geri dönmedim.

***

2. BÖLÜM

Evimi terk etmiştim. Saçlarım uzamıştı, metaliğe kurşun atıyordum. Üstelik artık yatacak yerim de yoktu. Cebimdeki son parayı harabe haldeki pansiyona vererek kısa süreli zamanımı burada geçirip ardından ne yapacağıma karar vermeliydim. Üzerimdekilerin haricinde giyeceğim hiçbir şeyim yoktu ve buram buram anason kokuyordum. Üzerimdekileri çıkartarak lavaboda yıkayıp odanın perdesini açıp kıyafetlerimi kurumaya bıraktım ve yatağa yüzükoyun uzanarak anlamsızca odayı süzdüm. Bir süre sonra hamam böcekleriyle dertleşmekten kafayı sıyırma aşamasına gelmiştim. Yalnızdım ve hiçbir işim yoktu. Hiçbir şey için çabalamıyor, hayal etmiyordum. Ve şunu anlamıştım ki hayalleriniz yoksa yaşıyor da sayılmazsınız.

Uzun süre yerdeki hamam böceklerinin ne yaptığını anlamak için boş gözlerle seyrettim. Ardından yavaş yavaş ne yaptıklarını çözmüş gibiydim. Bir şeylerle uğraşmalıydım. En azından saçımı kestirebileceğim, karnımı doyurabileceğim parayı kazanmalıydım.

Hayal etmeye devam ettim, uzun süre bir şey bulamadım. Kıyafetlerimin kurumasından sonra dışarı çıkmaya karar verdim. Biraz beton kokusu ve arabalardan çıkan gaz kokusunun kendimi iyi hissettireceğini düşündüm. Aynanın karşısında yağlı saçlarımı taradıktan sonra, yarak kafalının teki olduğuma kanaat getirdim ve taradığım saçlarımı bozarak tabanı delik, beyaz aldığım fakat zamanla siyahlaşan ayakkabımı giydim. Şehrin merkezine doğru yürümeye başladım. Dükkânlara göz gezdirdim boş gözlerle. Evet, mükemmel dedim içimden, açtım ve çişim gelmişti. Bu iki olay beni sinir hastası edebilirdi. Etrafa göz gezdirdikten sonra bir restoranın tuvaletini kullanmak için kapıdaki garsondan rica ettim. Ancak tuvaletimiz arızalı cevabıyla karşılaştım. Peki, bu müşteriler nereye sıçıyordu? Merak etmiştim. Ancak teşekkür edip başka yerlere sormaya devam ettim. İkinci restorana sorduğumda o da aynı cevabı vermişti. Teşekkür etmeyip, tip tip suratına baktıktan sonra önüne çıkartıp işemek istedim. Neydi bu fikirden beni vazgeçiren şey, bilmiyorum ancak arkamı dönüp yürümeye devam ettim. Ve şuna kanaat getirdim, eğer tipiniz ve giyiminiz düzgün değilse, insanlar sizin yüzünüze bile bakmıyor...

Kendim gibi salaş, müşterisi olmayan bir mekâna gittim bu sefer. İçeride kimse yoktu, kafamı kapıdan sokarak sorgucu bir sesle, "Kimse yok mu?" diye seslendim. Kimse cevap vermedi. Kafamı içeriden çekip arkamı dönmemle, "Buyur delikanlı, kimi aramıştın?" diyen bir dayıyla karşılaştım. "Tuvalet aramıştım," dedim. "Buyur," diyerek eliyle işaret etti, "Tuvalet yukarıda, sağda," dedi. İçeriye girer girmez burnuma ağır anason kokuları gelmeye başlamıştı.

Yavaş adımlarla merdivenden çıkarken bir yandan çişimi tutmaya çalışıyordum. Bu biraz yetenek gerektiren bir konu. Yukarı çıktığımda kafamı eğerek yürümek zorunda kalmıştım çünkü tavanı bir buçuk metre ya vardı ya yoktu. Hiç tuvalette iki büklüm işemek zorunda kalmamıştım, genelde sokakta kuytu bir köşe bir yer bulup işerdim ancak bu amına koduğum kalabalığında kuytu bir sokak bulmak neredeyse imkânsızdı. İşeyip bir güzel tatlı tatlı titredikten sonra fermuarımı çekip hızlıca kendimi dışarı atıp dayıya teşekkür ederek, karnımı doyurabileceğim bir yer aramaya başladım. Uzun süre etrafa göz gezdirdim ama düzgün bir yer gözüme kestiremedim. Ardından pansiyona geri dönmeye karar verdim, çişimi yapmıştım ancak halen açtım.

Cadde üzerinden pansiyona dönerken büyük bir market dikkatimi çekti. Büyük marketler bedavaya karın doyurmak için birebir yerlerdendir, bundan emin olabilirsiniz. Markete girdim ve köşede duran güvenliği bir süzdüm, evine gidip ayaklarını uzatıp yatmak isteyen bir tavırla elindeki broşürü okurken benim ona baktığımı fark etmeden alışveriş sepetini çekerek reyonların arasına daldım. Deneme amaçlı kurulan stantlardan üç beş sucuk aşırmıştım ama bunun karnımın doymasına yeterli olmayacağını biliyordum. Alışveriş sepetine elime ne gelirse doldurmaya başladım. Sıradan bir müşteri edasıyla marketin içinde yavaş turlar atıyor, reyonların yanından geçerken canım ne çekiyorsa yiyor, ardından kameraların çekmediği noktalarda ürünün üzerindeki barkodu paramparça hale getirip reyonların aralarına başka bir ürün alırken bırakıyordum. Yakaladıklarında üzerimde herhangi bir suç teşkil edecek ürün bulunmamalıydı. Sepete koyduğum pet içecekleri tek tek kafaya dikip bunların da üzerinde bulunan yapışkan bantları söküp avcumun içerisinde yuvarlak bir top gibi yaptıktan sonra reyonların arasına doğru misket yuvarlarcasına fırlatıyordum. İşte artık keyfim yerine gelmeye başlamıştı. Karnımı abur cuburlarla doldurmuş, beleş yiyecek ve içecekleri mideye indirmiştim. Bu yaptıklarım yasal olmamasına rağmen bize on katı fiyatına ürünleri satıp ceplerini parayla şişiren orospu çocuklarına yaptıklarım bence az bile... Boş şişeleri reyon arasına salladıktan sonra dolu sepetle kasaya ödeme yapmak için yanaşıp, cüzdanımı arabada unutmuşum diyerek alışveriş sepetini orada öylece bırakıp kapıdan elimi kolumu sallayarak çıkmıştım. Ardımda sadece 3–5 pislik bırakmıştım. Karnım doyduğu için mutluydum. Ancak her gün bunu yaparsam fark edilirdim.

Düzenli bir iş fikri halen kafamın bir tarafında beni dürtüyordu. Ancak vasıfsız biriydim. Kim bana iş verirdi ki? Her neyse, pansiyona varmıştım. Beton yığınları arasındaki gaz kokularından sonra tek gözlü malikâneme gelmiştim. Odam çorap ve rutubet kokuyordu. Gerçi rutubet kokusuyla çorap kokusu birleştiği zaman dünyada eşine ve benzerine rastlayamayacağınız, mükemmel bir koku elde ediyordunuz. Mübalağa etmiyorum, bu kokuyu sevmeye başlamıştım ve kafa yapıyor gibiydi. Pansiyon girişinden aşırdığım gazetedeki iş ilanlarına göz gezdirmeye başladım. Yüzlerce iş ilanı vardı. Ancak hepsinin sonucu aynıydı: Sikilmek! Evet, bütün işlerin sonu aynıdır, sikerler.

Kendime göre bir iş bulmuştum, ancak şehrin merkezinden 59 km uzağındaki bir oteldi. Yapabileceğim tek şey garsonluk diye düşündüm. Mantıklı gelmişti. Gazete ilanını kopartarak cebime yerleştirmiştim. Oraya nasıl gideceğime dair hiçbir fikrim yoktu. Önce gideceğim otelle telefon görüşmesi yapmayı düşündüm. Onca yolu boşu boşuna da gidebilirdim. Resepsiyona gidip telefon görüşmesi yapmak için ricada bulundum ve otelle konuştum. Alacağım ücret mükemmel olmasa da karnımı doyuracak ve uzun süre idare edecek tarzdaydı. Daha telefonda görüşmemize rağmen işe kabul edilmiştim. Mutluydum, ancak cebimde beş kuruş para yoktu. Otostop çekmeye karar verdim. Ve şunu söylemem gerekirse sikinizi karıştırarak otostop çekiyorsanız karşıdan gelen araçlar daha da hızlanmaya başlıyor. Bunu asla yapmayın. Birkaç saat bekledikten sonra yorgun düşmüştüm. Yanımda duran direğe yaslanarak beklemeye devam ettim, mecalim kalmamıştı. Nihayetinde birisi durmuştu ve gideceğim yere kadar bana eşlik etmeyi kabul etmişti. Eski bir nakliye aracıydı ancak bizi zor taşıyor gibiydi. Şoför biraz sessiz ve pek de güler yüzlü değildi. Neyse, sikimde de değildi zaten... Ben de yol boyu susarak devam ettim. İnerken, "Buralar çakallarla doludur, dikkatli ol evlat," diyerek gaza basıp devam etti.

Karşıdan karşıya geçerek, köşede duran taksiciye elimdeki gazete kupürünü vererek bu adresi nerede bulabilirim, diye sordum. Az öteden sağa dön dedi, sağ ol diyerek yoluma hızlı adımlarla devam ettim. Oteli çok kolay bulmuştum. Oldukça lüks ve pahalı bir otele benziyordu dışarıdan, ardından resepsiyona girerek, "Merhaba, ben iş başvurusu için telefonda görüşmüştüm. Kabul edildiğimi söylediler, onun için gelmiştim," diye resepsiyondaki kıza söyledim. Yüzüme birkaç saniye mal mal baktıktan sonra, bir saniye diyerek telefon açtı. Sessiz sessiz konuştuktan sonra ileriden sola dönün, sağdaki ilk kapı, diyerek yönlendirdi. Hızlıca gidip kapıyı tıklattım. Otel iyi bir yere benziyordu ancak müdürü daha görür görmez hal ve hareketlerinden orospu çocuğu olduğuna kanaat getirdim. Direkt önüme 2–3 tane kâğıt fırlatarak imzalamamı istedi. Ben de bir sikim okumadan imzayı çaktım. Daha beter ne olabilirdi ki? Kıyafetlerimi zemin katta bulunan depodaki görevliye söyleyerek alabileceğimi ve sonra resepsiyonda bulunan herhangi birine söyleyerek kalacağım yere götüreceklerini söyledi. Yaklaşık beş dakikada tüm işleri halledip işe alınmıştım. Mutluydum. Maaşa, günlük yemek yiyebileceğim bir yere ve işe kavuşmuştum. Ancak bu mutluluğum çok fazla sürmedi. Resepsiyondaki kız otelin yanındaki kulübe gibi bir eve götürdü. Kalacağınız yer burası, diyerek gösterip çekip gitti. İçeri girmeden daha burnuma lağım kokuları geliyordu. Daha şimdiden rutubet ve bok kokan evimi özlemiştim. Burası öylesine pis kokuyordu ki beynim uyuşabilirdi. Ancak burada kalmaya mecburdum. Burnumu iki parmağımla sıktıktan sonra odanın kapısını itekledim. İçeri baktığımda benim haricimde birkaç kişinin daha kaldığını gördüm, hem lağım hem buram buram taşak kokuyordu. Lanet olsun, burnum kapalı olmasına rağmen bu kokuyu hissedebiliyordum...

İçeriye girdim. Soldaki ranzanın alt katı boştu, oturdum. Düşünmeye başladım. Evet, her şey güzel olacak, diyordum içimden. Bu kokuyu atlatacaksın, zamanla burun sağırlaşması yaşayacaksın ve bu odada kalan ruhlar gibi olacaksın. Sakinleşmeye çalışıyordum. İçimdeki Pollyanna'ya tecavüz edilmiş gibi hissediyordum. Kişisel eşyalarım olmadığı için, giyecek kişisel eşyalarım yanımda olmadığı için resepsiyondan iki günlük avans alarak pazardan üç beş don ve çorap alıp bir şişe de 35cc'lik rakı alıp ilk gecemi kafayı çekerek geçiştirip, ertesi gün köleliğe başlamıştım. Günlerim zengin züppe orospu çocuklarına hizmet etmekle ve triplerinden her gün kafamın sikilmesiyle geçiyordu. Muhabbet edip kafa dağıtacağım biri yoktu, iş yerindeki herkes son derece ciddi ve işine önem veren tiplerdi. Alt tarafı amına koduğum garsonluğunu ve aşçılığını dünyayı kurtarıyormuş edalarıyla yapmalarına pek de anlam verememiştim.

Zamanla odanın pisliğine alışmıştım. Üstelik otelde hiç aç kalmıyordum. Müşterilere gitmeden önce yemeklerden sürekli aşırıyordum. Bazı zamanlarda ise odaya müşteriler girmeden önce bırakılan meyve sepetlerini odaya bırakmak yerine çamaşırhanenin içerisindeki su deposunun yanına bırakıyordum. Keyiflenmek için ara ara gidip meyveleri yiyip işimin başına dönüyordum. Yoğun olduğumuzdan dolayı kimin nereye gittiğini takip edemiyorlardı. Böyle böyle günlerimi heba ediyordum. Olmak istediğim yerden çok uzakta, gizli saklı bir şekilde yaşar olmuştum ama karnım tok olduğu için keyfim yerindeydi. Sinirim bozan tek şey, ortalık sakinleşip etrafı toplamaya başladığımızda odalardan yükselen inleme sesleriydi. Gece boyu havuz başında romantik müzik eşliğinde kaliteli şaraplar içerken hiç sevişecek gibi durmayan tipler, odalarına geçtiklerinde vahşice sevişmeye başlıyorlardı. Ancak bu inleme seslerinden memnun olan tipler de vardı. Baya hoşlarına gittiğini fark ettiğimde gözlerinin içlerini süzmüştüm, sanki kendileri sevişiyormuşçasına mutlulardı. Masaları toplarken, barın içinde duran şefe seslendim. "Şef, geceleri hep böyle midir?"

"Anlamadım," dedi gülerek.

"Her gece böyle sevişme sesleri gelir mi?" dedim.

"Ara sıra böyledir, otelin yoğunluğuna göre değişiyor. Kimi insan hayvan gibi sevişiyor kimisi insan gibi," dedi.

"İkisi de hayvan değil mi şef?" dedim.

"Anlamadım, ne hayvanı?" dedi. Kulaklarının ağır işittiğini anladım. "Yok bi şey şef," diyerek masaları toplamaya devam ettim. Kalan son bulaşıkları, bulaşıkçı gittiği için makineye yerleştirdikten sonra şef herkesi gönderdi ve şefle barda yalnız kaldık. "Sen bundan sonra daha geç gel, gece barda işler bittikten sonra takılırsın," dedi. "Eyvallah," diyerek beraber sustuk. Günün yorgunluğundan olsa gerek, elini masaya koyduğu gibi gözlerini kapatmıştı. "Şef," diye seslenerek dürttüm. Birden irkildi, "Buyur oğlum, içim geçmiş," dedi.

"Neden bu kadar güzel hatunlar böyle tipsiz elemanlarla takılıyor, şef?" dedim.

"Oğlum sik anasını, bunları düşünürsen kafayı yersin," dedi.

"Haklısın," dedim ama konuşmaya devam etti.

"Eğer ki tipsizliği görünmez kılıyorsa cüzdanın şişkinliği, çirkinliği görünmez götün büyüklüğü. Artık pek de önemi yok bazı şeylerin. O yüzden diyorum ya bunları düşünürsen kafayı yersin, sik anasını," dedi ve "Eyvallah, ben kaçayım, yengen bekler," diyerek yürümeye başladı. Ayakları yorulmuş olacak ki yürürken sendeliyordu. Ben de birkaç saat daha durup mecburen leş gibi taşak kokan odama geri döndüm. Birkaç aydır kalıyor olmama rağmen geceleri kokudan uyuyamıyor, kapı önünde art arda sigaralar yakıyor ve küfür ediyordum. Yaklaşık olarak üç ay geçirmiştim ve geçen süreden bir sikim anlamamıştım. Gitgide artan sıcaklardan kaçıp gidesim geliyordu ve kölelikten sıkılmıştım. O güne kadar hep günlük kazandığımı yiyordum ve hiç bu kadar sıkılmıyordum. Her ne kadar beleş yemekler olsa da insan, kendi olamadığı yerde rahat edemiyor. İstifa etmek için bahaneler ararken kafama estiği için çıkışımı isteyip eşyalarımı topladım ve otelden üç beş havlu çalarak evime dönmeye karar verdim. Otelden çıkış paramı aldıktan sonra otobüs bileti kestirip beklemeye koyuldum.

***

3. BÖLÜM

Evi, 18 Mayıs sabahı terk etmiştim.

3 ay 7 gündür eve bir kere bile uğramamıştım. Kapıyı çarparak çıktığım, o güzel salaş evimi ve Leyla'nın yüzünü çok özlemiştim, her ne kadar Leyla beni sevmiyor da olsa yüzünü görmek kendimi iyi hissetmeme sebep olabiliyordu. Evimi bırakıp, ucuz pansiyonlarda yaşayıp, tanımadığım insanlarla çalışıp, üç ay civarı geçirdikten sonra evimin balkonunu uzaktan gördüğümde içimde garip bir mutluluk oluşmuştu. İnsanın evi çöplük gibi olsa da özlüyordu işte. Kendine ait kalacak bir yerin olması mükemmel bir histir.

Yavaşça apartmanın girişine yaklaştığımda kapıda bir ton broşür biriktiğini ve benim adıma birkaç fatura bulunduğunu gördüm. Bir iki aylık faturalarım ödenmemiş olacak ki kapıda duruyordu. Faturaları çantama attım ve kapıyı uzunca çaldım, açan olmadı. Cama taş attım ancak halen kimse çıkmamıştı, ben de oturdum kapıda ve beklemeye başladım. Betonda oturmaktan götüm buz kesmişti. Sırt çantamdaki duş havlularımdan çıkartıp iki kat yaptıktan sonra altıma koydum. Sırt çantamı da duvara yaslayıp kafamı koyduktan sonra biraz kestirmeye karar verdim. Uykusuz olmaktan çok, o kadar yoldan sonra kapıda yatmak koymuştu. Yaklaşık kırk beş dakika uyumuşum farkında olmadan, üst katta oturan Ali Dayı gelmese daha da uyanmazdım herhâlde. Dürtükleyerek, "Oğlum uyan, lan hasta olcan," demesiyle ayıldım.

"Nabıyon oğlum burada böyle, geberip gidecen," dedi.

"Leyla'yı bekliyom be dayı," dedim. Yüzünü asarak, "Evladım, gitti o," dedi.

"Nereye gitti be dayı? Leyla'nın buradan başka ne kalacak yeri ne de kimsesi var," dedim.

"Hayır evladım, sen yokken Leyla'yı aldılar," dedi. "Dayı ne saçmalıyon sen, kim aldı?" dedim. "Ambulans geldi oğlum, Leyla aramış. Ambulans geldiğinde kapıyı açan olmayınca kapıyı kırdılar. İçeri girdiklerinde koltukta oturur biçimde, ölü bulmuşlar," dedi. Vücudumdaki bütün kanın beynime çıktığını o an tüm sıcaklığıyla hissetmiştim. Ayaklarımda oluşan o boşluğun tarifi yoktu. Merdivene çöktüm. "Abi, Allah için şaka de bana. Leyla'nın gitmediğini söyle abi, birazdan gelicek de abi lütfen," dedikten sonra ağlamaya başladım. O güne kadar ölümün nasıl bir şey olduğunu unutmuştum. O gün tüm çıplaklığıyla hissetmiştim sevdiğiniz insana son kere sarılmanın ne kadar önemli olduğunu. Her sarılışın bir son olabileceğini, gülüşlerine âşık olduğunuz o kişinin gülüşünü hafızanıza kazımanız gerektiğini, kokusunu doyasıya içinize çekmenizin gerekliliği tüm hakikatiyle yüzüme çarpmıştı.

Kavga ederek kapıyı çarpıp gittiğim o evde, bazı şeyleri bıraktığım gibi bulamamanın tarifi yoktu. Gidenin gelmediğini, geri gelse bile kalanları bulamadığını, ölenlerin sadece fiziksel olarak yok olduğunu, geride kalanların da sadece fiziksel olarak yaşadığını senden öğrendim.

Ali Abi kapı kırıldığı için kilidini değiştirmiş, ondan anahtarı alıp eve girdim. Boş gözlerle evi uzun süre süzdüm. Evin her yerinde buram buram kokusu vardı. Yastıkları kokladım. Balkonu açtım, oturup sigara içtiği sandalyeye bu sefer ben oturdum. Yaktım bir sigara. Evin kapısını açık unuttuğum için cereyan yapmış olacak ki kapı sertçe çarptı. Tıpkı Leyla'yı terk ettiğim gün çarptığım kapı gibi çarptı.

Biliyorsun, benim aynam sendin,
gözlerinin içine baktığımda
kendimi gördüğümdün.

O aynayı çok kırdım ben.
Her kırdığımda
daha da kendimi göremez oldum.

Eğer birine âşık olmuşsanız,
büyük olasılıkla yakın zamanda ruh hastası olabilirsiniz.

İnsanlar gerçekten çok garip.
Dolaştıkları yerleri hiç tanımadıkları insanlara
gösterme gereksinimi duyuyor.
Hiç tanımadığı insanlara bulunduğu konumu
bildirme gereksinimi duyuyor.
Yemeği soğuyuncaya kadar fotoğrafını çekip
birilerine göstermeyi
zorunluluk olarak görüyor.
Ve bunların karşılığında birkaç hayali puan alıyor.
Bunlar sevgi değil, bunlar huzur değil.
Yaptıkları şeyler şizofren bir hastanın sergilediği
hal ve hareketlerden farksız.

***

Umarım dünyaya kazık çakabilirsiniz,
aksi halde yaptığınız orospu çocuklukları boşa gidecek.

Bu gece herkese,
Her şeye sövesim var.

Sırtından birkaç bıçak darbesi yediğinde,
Öğreniyorsun yenik düşmeyi.
Sonra darbelerden kalan yaraları,
Dikiş tutturmaya çalışıyorsun.
Ancak
Her iyileştiğinde
Tekrar aynı yerden darbe yiyorsun.
Her gece aynı yerden kanıyor,
Ta ki ölene dek!

***

Geçmişini siktiklerim, geleceğimi sikti.

Bazı insanlar su gibidir,
Ona hep ihtiyacınız vardır.
Bazı insanlar çay gibidir,
Muhabbetin yanına iyi gider.
Bazı insanlar rakı gibidir,
Hayatına anlam katar.
Bazı insanlar da pahalı ve
Sikimsonik isimli kahveler gibidir;
Öylesine gereksiz,
Öylesine gösterişli
Ve bir o kadar da boş.

***

Acın, rakının acısından az ise içemezsin.

Güneş yavaştan batacak,
Üzerime karanlık çalacak.
Zamanla eriyecek buzlar,
Rakılar taşacak.
Boşluğa her bakışımda yüzün yansıyacak.
Rakıyı her kafama dikişimde ciğerlerim yanacak.
Anlattıklarımdan hiçbir sikim anlamayacaklar
Ve zamanla geçecek diye,
Bir ton maval okuyacaklar.

***

Mutlu biriydim,
giderken yüzümdeki gülüşü bile aldı orospu çocukları!

Senin için hiçbir anlamı olmayan şeyler,
Benim hayatımın anlamıdır.
Senin umurunda olmayan şeyler,
Benim ciğerimi siker geçer.

O yüzden,
O sikik çeneni kapalı tutup,
Karşındaki insanın değerlerine
Ve acılarına saygı duymayı öğren!

***

Bir yatak.
Sen ve ben.
Elbette yeterdi.

Ama yetmedi sana,
O amına koduğum yatağına
Binlerce insan sığdırdın,
Bir beni sığdıramadın.

Onu aklıma her getirdiğimde,
Sevdiği kişinin yanında gözlerini kapatmış,
Dudaklarını ve bedenini
başkasına emanet etmiş olarak
canlandırıyorum.

Ve benim elimden gelen tek şey;
Her gün bunları düşünerek kafayı çekip,
Sever gibiydin be orospu evladı diye bağırmak.

***

Ne herkese iç açılır ne herkese kol kanat gerilir.
Önce açtığın içini, sonra da kolunu kanadını sikerler.

Yazmak istediğim anlarda yazamadım.
Konuşmak istediğim anlarda dile getiremedim.
Gitmek istediğim anlarda oturdum.
Özlediğim anlarda koşup boynuna sarılamadım.
Olmadı yani!
Olmasını istediğim şeylerin,
Hiçbir zaman olmamasına alıştım zamanla.
İsteyip de olduramadığım,
Yoluna koyamadığım her şeyin
Amına koyayım.

***

Sen artık benim için boş içki şişeleri kadar değersizsin.
En fazla duvara fırlatır, kırarım.
Sonrası yine kendime zarar.

Kelimelere anlam yüklemeye başladığım günden sonra hayat zorlaşmaya başladı.

Elimdeki biranın üzerindeki kâğıtlarını söküp söküp içiyordum.

"Ruh hastası mısın?" diye sordu Ege.

Önüme baktım ve sonra içkimden bir yudum aldım.

"İşte hayatımıza giren her insan bize böyle yapıyor, bir şeylerimizi değiştirmek için çabalıyorlar lan. Dış görünüşümüzü, hareketlerimizi, huylarımızı ve bizi biz yapan bütün her şeyi değiştirmek istiyorlar. Tıpkı bu şişe gibi, dışarıdan bir şeyler değişmiş gibi görünse de içimizdeki şeyleri değiştiremiyorlar," dedim.

***

Anlam veremiyorum,
Değer verdiğimiz insanların,
Her fırsatta hayatımızı dağıtıp gitmelerine.
Anlam veremiyorum işte,
Değer verdiğimiz insanların,
Her fırsatta hayatımızı sikip gitmelerine.

Gereğinden fazla yaşamış kişilerin,
Doğum günleri hatırlanmaz.
Fazla yaşadın artık,
Öl der gibi.

Yaşıyor olman onlara en ağır küfürleri eder gibi.
Henüz yirmi yaşındayken,
Gereğinden fazla yaşadığımı düşünmek,
Gerçekten çok garip.

***

Bütün bir neslin kafası güzel.
Bize dayatılan bu sistemden,
uzaklaşmanın bir yolunu arıyoruz.
Ve çıkış yolu,
her zaman aynı yere denk geliyor:
Kafayı çekmek.

Ruhunun derinliklerine işlemiş mutsuzlukla zor gülünür.

Gece uyku tutmamıştı. Yorganı çektim başucuma kadar. Uyumaya çalıştım. Hangi yöne dönsem, o yorgan karanlığında yüzün geldi gözümün önüne. Gidenin gelmediği her fırsatta aklıma dank etti.

Gecenin köründe, ulan gecenin köründe gözlerim doluyor ve seni hatırlatan bütün şarkıları sıraya koyup dinliyorum. Her ne tarafa dönsem uyuyamıyorum, kalkıp yüzümü yıkıyorum, sonra rakımdan iki yudum alıyorum boğazımdaki düğümü çözsün diye, gözümdeki düğümleri çözüyor.

Gecenin körü lan, hüngür hüngür özlüyorum her zerreni.

***

Zamanla geçen tek şey zaman.
Acılar hep aynı...

Sen,
Beni sevmediğini
Yüzüme haykırarak söylediğinde bile
Omzunda avutmuştum kendimi.

Yapma, canım yanar yapma, dememe rağmen,
Dinlemedin sen.

Sen her defasında sırtımdan vuran,
Her defasında farklı yerden bıçaklayan yavşak!
Kalbinin ayarını sikeyim diye bağıramadım...

***

Bazı insanların ulaşılmaz olması cazip gelir.
Ulaşınca herkes gibi,
her şey gibi sıradan olduğunu görürsün.

Geçti dediğin anda,
Yeniden sızlamaya başlıyor yaralar.
Unuttum dediğin anda,
Ağlamaklı oluyor insan.
Haykırarak küfretmek geliyor içinden,
Hiçbir şey değişmese de,
Rahatlamak için.
Biraz da olsa,
Unutabilmek için.

***

Yıllar önce söylenen ama hatırladıkça kalbimi kıran, moralimi yerle bir edip siken cümleler var.

Sevdiğin her şeyin,
Ömrü uzun olsun istersin.
Sevdiğin kişi konuşurken,
Hiç susmamasını temenni edersin,
Ancak o anda susar.
Bütün hayatın boyunca,
Hayatının her kısmında bu aynıdır.
Sevdiğin yemekten bir tabak daha dediğinde,
Kalmadı demeleri gibi.
Sevdiğin müziğin hızlı bitmesi gibi.

Hayatta hep sevdiğimiz şeylere aç kaldık.
Bu kural hiç değişmedi.

***

Ne orospusu biter bu dünyanın ne de çocuğu.
Küfür etmeye devam o yüzden.

Neden senin olduğun yerde değilim?
Neden seni sokağın köşesinde,
Ellerim cebimde bekleyemiyorum?
Gelip gelmemen önemli değildi,
Önemli olan benim orada beklememdi
Ancak
Sen,
Bende ne bekleyebilecek bir sokak köşesi,
Ne de heves bıraktın.

***

Karanlığı seviyoruz, kusurlarımızı kapattığı için.

Aynada yüzüne baktığında,
Yaşlandığını fark edebiliyorsan,
Zamanın çok hızlı aktığını
Ve ölümün yaklaştığını anlıyorsun.
Bundan sonrası zor anlatılır.
Yarın kalktığımızda,
Birileri hayatta olmayacak
Ve bize de bir gün yarınlar gelecek.

***

Alışamamak...

Konuşacak bir şeyler bulmaya çalışıyordum. Serin yaz akşamında rakı ve şalgam yanımdaydı, hiç konuşmasak bile olurdu. Biraz rakıdan, biraz acılı şalgamdan içiyordum. Yani keyfim gıcırdı. Ardından püsküllü çantasından sigarasını çıkarttı ve yaktı. Tam sigara istemeye yeltenirken, ağzındaki sigarasını başparmağıyla işaret parmağı arasında, sigaranın filtresinden tutarak uzattı. Ben de hiçbir şey demeden aldım. Derin bir fırt çekerek, "Oh ulan be, dünyanın pisliğinden daha güzel şu meretler," dedim, gülümsedi. Biraz boşluğa baktıktan sonra gecenin sessizliğini bozan dalgaların eşliğinde, "Hiç unutamadığın bi kelime var mı?" dedim. Yüzünde olan hafif bir gülümsemenin kayboluşuna şahit olmuştum. Yanımda duran rakı bardağını aldı, kafasına dikti. "Var," diyerek kendi gibi yerin dibine sokmak istercesine kadehi yere vurdu. "Doldur," dedi. Soracağım soruyu sikeyim, dedim içimden.

Rakı kokusunu sevmezdi ama sorduğum sorudan dolayı olacak ki bütün rakıyı sünger gibi emdi. Ben rakıyı doldururken, "Alışırsın," dedi. "Anlamadım," dedim, pek sikine takmadan anlatmaya devam etti. "Babam yıllar önce intihar etti, ben de anneannemle ve annemle birlikte büyüdüm. Benim her şeyim annemdi... Babamsa benim için pek bir şey ifade etmedi, sadece bana sarıldığını hayal meyal hatırlıyorum. Başka bir şey yok yani. Ben lisedeyken de anneannem vefat etti, yaşlanmaya bağlı dediler. Annemle çok ağladık, alışırsın dediler. Annemse yılların derdini, kederini sırtına bindirmiş, saçındaki aklarla benim yoldaşım olarak çalışıp çabalıyordu. Hiç bırakmadı beni, hiç küsüp sırt dönmedi. Geceleri bazen kucağına yatar, zorla saçlarımı okşatırdım. Saatlerce dalar giderdik ikimiz de. Yıllarca sakin ve yalnız hayat sürdük. Bir de erkek arkadaşım vardı, ara sıra bize gelir, akşam yemeği yerdik. Annemin mutluluğunu gözlerinden okurdum. Güzel günlerdi ama çok göremedik..." diyerek önce rakıdan bir yudum alıp konuşmasına kaldığı yerden devam etti.

"Sonra bi gece haberini aldım, iş dönüşü yolda bayılıp kalmış, hastaneye kaldırmışlar annemi. Hastaneden aradıklarında kafayı yemiştim. Üzerimdeki pijamalarla nasıl çıkıp gittiğimi hatırlamıyorum. Hastaneye gittiğimde annemin de vefatını öğrendim," dedi ve halen o günü yaşadığını gördüm gözlerinde. "Bütün ışıkların karardığını, boğazımın düğümlendiğini, elimin ayağımın boşaldığını ve bütün vücuduma sıcaklığın yayıldığını hissettim. Buna bile alışırsın, dedi orospu çocukları. Ölüme alışmak ne lan! Ölüme alışmak ne olum? Üstüne örtü çektiğim yüz benim canım ciğerimken, alışmak ne? Sikerim alışmasını, ben alışmıyorum!" diyebildim sadece...

"Bugüne kadar her türlü yavşaklığa, her kahpeliğe alıştım da ölüme alışmamı isteyen orospu çocuklarına bir alışamadım. Neyse ya, öyle işte," diyerek kalan rakısını içerken ben de bir sigara yakıp uzattım. Yanaklarının ıslandığını gördüm, baya efkârlanmıştı. Sigarasından derin bir nefes çekip, "Harbiden, dedikleri gibi alışmayı çok isterdim," diyerek içine çektiği dumanı rüzgâra bıraktı. Sonra sustu, tıpkı fırtına sonrası oluşan sessizlik gibi...

***

Kimsenin umurunda değiliz. Hepsi bu.

Gözüm dalıyor uzaklara,
Gözleyebileceğim bir yol bile yok şimdi.
Gelip gelmemen değil işte mesele.
Geleceğin yolu bilsem,
Çıkar ben gelirim sana.

Hiçbir şey bilmiyorum.
Hiçbir şey hissetmiyorum.
Ara sıra gözlerim doluyor,
Hepsi bu kadar.

***

Alzheimer olsam,
bana yaptığı orospu çocukluklarını unutmam.

Ne kadar güvenli bir yerdeysek,
O kadar sıkıcı olur hayat.
Tam güvenlikli bir bisikletle,
En dik yokuşlardan bile hızlıca inebilirsin...
Asıl mesele,
Frensiz bisikletle yokuş aşağı son sürat gitmekte.
Sonunda olacakları düşünürsen eğlenemezsin.
Sürekli geleceği düşünürsen,
Bütün eğlenceyi kaçırırsın,
Hayatın bütün tatlarından yoksun kalırsın.
Eğlencenin ortasında uyuyakalmış gibi hissedersin,
Uyandığında iste,
Tüm güzellikleri kaçırmış olursun.
Ve mal gibi etrafa bakarsın.

***

Orospu olan duygularımın pezevengi sensin.

Bir insanda en çok ne eksikse,
Ömür boyunca o yönünü güçlendirmek için çalışır.
Kısaysa uzamaya,
Fakirse zengin olmaya,
Sevgisizse sevip sevileceği birini bulmaya çalışır.
Bu hep böyledir.
Ancak bazen her şeyin tamam olduğunu
Ve hiçbir şeyin eksik olmadığını düşünürsün.
Sonra kendini koca bir boşlukta bulursun.
Çünkü bir şeyler eksiktir
Ve bunu fark edemiyorsundur.
Belki de fark etmek istemiyorsundur.

***

Bundan daha fazla orospu çocukluğu yapılamaz dedikten sonra seni tanıdım ve daha fazlası nasıl yapılabilir, öğrenmiş oldum.

Her yerde aradım seni.
Geçtiğimiz sokaklarda,
Yağmurdan kaçtığımız duraklarda.

En az bir yerde görmeliydim seni.

Bulsam ne yapardım,
Bilmiyordum...
Ancak,
Seni şarkılarda duymaktan,
Kitaplarda okumaktan,
Filmlerde anlatılmandan,
İçkinin sekinde,
Çayın deminde hissetmekten sıkıldım.

Bu yüzden diyorum,
En az bir yerde görmeliydim seni...

***

Bazı insanları şanslı buluyorum.
Denize nazır bir bankta gelecek gemiyi bekliyorlar.
Bense duvarlarına veda sinmiş,
Rayları yerinden sökülmüş,
Çatısı olmayan bir tren istasyonunda bekliyorum.

Yağmurun yağmasını seviyorum,
Sokaklar boşalıyor.
Herkes kapanına dönüyor.

İşte tam o anda özgür hissediyorum kendimi.
Yağmurun tam ortasında...
Benden kaçıyormuşlar gibi,
Sığınacak bir delik arıyorlar gibi.

Bu yüzden seviyorum yağmuru.

***

Hiçbir makyaj kapatmaz yüzündeki o orospu çocukluğunu.

Farklı olanı sevdim her zaman.
Papatyalardan ziyade,
Kaktüsleri sevdim.
Koklayamadım,
Dokunamadım.

Hep olduğu gibiydi,
Hiç değişmedi.
İlgi beklemedi,
Solup gitmedi.
Hep benimleydi.

***

Hobim küfür etmek,
fobim orospu çocukları.

Bir insanı,
İki cümlenizle mutlu edebildiğiniz gibi,
Mutsuz edip,
Hayatını sikme potansiyeline de sahipsiniz,
Unutmayın.
Bu yüzden,
Sonunu kestiremediğiniz cümleleri
kurmadan önce düşünün.

***

Sadece bir şeyler oldu diye ağlamaz insan,
bazen hiçbir şey olmuyor diye de ağlayabilir.

Sevgiyi ve aşkı,
Her dakika mesajlaşmak sanan dangalakların,
Birbirlerinin egolarını okşamaktan başka
bir sike yaramadıklarını gördükçe,
Vıcık vıcık orospu çocukluğu kokuyor burnuma.
Alayından nefret ediyorum.

***

Sokakta yaşayan hayvanların insanlardan daha sadık ve samimi olduğunu kapında beklerken anlamıştım.

Her zaman şımartılmayan çocuklar olduk.
Az ile yetinmeyi,
Ekmeğin arasına tuz koyup yediğimizde öğrendik.
Dizimiz kan revan içinde kaldığında bile,
Ağlamadık...
Şimdi kalkıp,
Bir orospu çocuğunun söylediği
lafa mı alınıp ağlayacağım?
Siktirsin oradan.

***

Düşünmeye ve konuşmaya başladığım günden beri psikolojim bozuk.

O gün beni sırtımdan bıçaklasan,
Belki ölmez,
Sağ kalırdım.
Ancak,
Sen beni,
Söylediklerinle öldürdün.

Bazı insanların silahı söyledikleriymiş,
Öğrenmiş oldum...
Fakat güzel öldürdün,
En azından senin yanında
Ve son duyduğum şey,
O güzel sesin olmuş oldu.

***

Balkona çıkıp haykırarak küfür etmemiz gerekirken,
susarak, başımız ellerimizin arasında öylece duruyoruz.
Ya güçlüyüz ya da alışmışız yapılan kahpeliklere.

Doğduktan sonra,
Kaderine terkedilmiş hayatların sahibiyiz.
Kimse bizi sevemez.
Sahipsiz bir sokak köpeği misali,
Terk edilmiş yıkık bir ev gibi.
Öylesine yalnız,
Öylesine parçalanmış.

***

Uzun zaman sonra ayna karşısında kendi kendime güldüğümde delirdiğimi hissetmiştim.

Kâbus olsun isterdim yaptığınız orospu çocuklukları.
Nefes nefese uyanmak isterdim derin uykulardan.
Oh ulan be, kâbus görmüşüm, diyerek
devam etmek isterdim uykuma.

Ne var ki yaşananlar kâbustan da beterdi,
Gözlerim açık yaşattınız bütün kâbusları
Ve orospu çocukluklarını...

Böyle olmamalıydı.

***

Fay hatları mıydı evleri yerinden sallayıp yıkan,
yoksa yaşanılanlar mı?

Oturdum, içtim.
Yere düşmüş,
Ağzı açık rakı şişesi olmak istedim.
Düşmüş olsam kalkardım daha öncekiler gibi,
Ama en son düştüğümde paramparça oldum!

İçmeye devam ettim.
Uzun süre boşluğa baktım.
Parçalarımı toplayacak birine ihtiyacım vardı.
Bir yerlerde hayallerim,
Bir yerlerde umutlarım
Ve biraz da gülüşlerim vardı.
Her gelen bir şeyleri kırdı gitti
Ve ben oturdum içtim.
Ve geceme anlam katan o cümleyi söyleyip durdum:
"Sana ihtiyacım vardı."

***

Herkes iyiyim diyor ancak kimse mutlu değil,
bu ne orospumsu çelişki.

Bazen fazla hata yapıyorum,
Kabul.

Her hatadan sonra sigaramı yakıyorum
Ve unuturum diye umut ediyorum.
Ardından şerefine birkaç kadeh rakı kaldırıyorum
Ve şişenin dibini görüyorum.
Unuturum diye umut edip,
İçmeye başladığım her gece,
Daha net hatırlıyorum her şeyi.

Sanırım kendime oynadığım küçük bir oyun bu,
Unutmaktan ziyade,
Daha net hatırladığım
Ve hatırladıkça,
Bağımlısı olduğum bir oyun bu.

***

**Benim derdim orospu çocuklarıyla,
anneleriyle işim yok.**

Günlerce,
Aylarca,
Hatta yıllarca halimi hatırımı sormayıp,
Sonra gelip,
"Nasılsın hayırsız, hiç arayıp sormuyorsun,"
Diyenleri de ayrı sikeyim.

Orospu çocuğu,
Sanki kendi gelip halimizi hatırımızı sormuş da
Biz siklememişiz gibi konuşmuyor mu,
Deli oluyorum.

***

Bizler asık suratlı insanlar değiliz,
bizi güldürmek isteyen insanlar olmadı.
Hepsi bu.

Bir Yanım Umut,
Diğer Yanım İntihar.

1. BÖLÜM

Sol kolumu pencerenin kenarına koymuş, sağ elimdeki birayla gecenin güzelliğine eşlik ederken o ölüm sessizliğini bozan bağrışmaları duymaya başladım. Cumartesi, saat 4.35'di. Sabah olmasına bir buçuk iki saat kala hangi dengesini siktiğim bağıra çağıra kavga ediyordu merak etmiştim. Oturduğum sandalyeden kalktım, ayağımın uyuştuğunu ve dengemin kaybolduğunu hissetmiştim. İki elimle birden demirleri sıkı sıkı kavrayarak bağrışmaların geldiği yöne doğru bakmaya başladım. Kimseleri göremedim. Bir süre sonra ses kesilir gibi oldu, çok geçmeden de bir tane camın boylu boyunca indiğini duydum. Tüm bu bağrışmaların ardından don atlet yalın ayak birisinin elinde satırla uzun boylu at hırsızı kılıklı birini kovaladığına şahit oldum ve anlamsızca bu olayın gerçek olup olamayacağını kendi kendime sorgulamaya başladım.

Kafamın güzelliğinden sanrılar görmeye başlamış olabileceğimi düşündüm. Kalan son çeyrek birayı kafama dikerek boş şişeyi yaklaşık olarak on beş yirmi metre ötede duran çöp kutusuna fırlattım. Tam sessizlik oluşmuşken şişe, çöpü ıska geçip yere düşerek patladı. Bu kadar sese rağmen halen uykusundan uyanıp balkona çıkmış bir insan bile yoktu. Çünkü rutine bağlamış, haftada bir olan sıradan kavgalardandı.

Aradan çok geçmeden sokağın sonunda mavi kırmızı ışıkların yanıp söndüğünü gördüm, çok geçmeden ekip otosu olayın olduğu yere gelip durdu. Artık sanrı olmadığını anlamıştım. Boş bira şişelerini ve turşu tabağını pencerenin mermerinden alarak yavaşça pencereyi kapatıp yatağıma çekildim, televizyonu açtım. Genellikle beynimin içindeki gürültüyü bastırması ve rahatça uyuyabilmem için televizyonu açarak uyurum.

Gözlerimi iki üç defa kapattıktan sonra uykuya daldığımı hatırlıyorum. İçtikten sonra ışık hızıyla uyuyabiliyorum. Uyanıp ayılmam da keşke bir o kadar hızlı olabilse. Şehrin oksijensizliğinden mi, evin pisliğinden mi nedir bilmiyorum ama yataktan ayağa kalkmam kaplumbağa hızında diyebilirim.

Sabahın erken saatlerinde kapının defalarca çaldığını hayal meyal hatırlıyorum. Suratıma levyeyle vursanız veya taşla ezseniz daha az eziyet olur diye düşünüyorum. Ayrıca bu kapıyı çalan her kimse inatçı orospu çocuğuymuş diye içimden geçirmeden edemiyorum.

Dakikalarca yatakta direnmeme rağmen kapının ziline sülük gibi yapışmış bu orospu çocuğuna küfür etmek için o güzel yatağımdan kalkmıştım, bir nevi uyurgezer gibiydim. Kapıyı açtım ancak karşımda kimseyi göremedim. Her kimse zile basmayı bırakmıştı ben de pencereden apartmanın girişine bakmıştım, ancak apartman girişini tam göremediğimden uykulu ve sinirli bir sesle, "Kimsin lan!" diye seslendim. Birden apartmanın girişinden ev sahibi fırladı. "Kaç saattir çalıyorum kapıya bakmıyor mushungudfngfölşfd..." gibisinden saçmalamaya başladı. Kulaklarımı tıkamışçasına sadece ilk dediği cümleyi duydum. "N'oldu, sabahın köründe rüyanda mı gördün beni?" dedim. "Evet rüyamda gördüm, kaç saattir telefondan arıyorum, ara sıra telefonunu kullan da bi işe yarasın," diyerek sinirlendi sıfatsız orospu çocuğu. "Yukarı geliyorum, aç kapıyı!" diyerek celallendi. Ne anasının amı varsa artık sabahın köründe kapıma dikilmiş puşt, bir aylık gecikmiş kirayı isteyecekti herhalde.

Otomata basmamla yukarı gelmesi bir oldu para açı yavşağın. Konuya balıklama dalarak, "Kirayı sürekli geciktiriyorsun, bu ayın sonunda kontrat bitecek, haberin olsun! Kendine ev bakmaya başlasan iyi olur. Bir buçuk ay burada daha kalabilirsin, kalanı evden çıkarken hesaplaşırız," dedi. "Eğer ev bulamazsan kendini kapının önünde bulursun," diyerek de ekledi.

"Aleykümselam, bitti mi!?" dedim. "Bitmedi!" dedi ve devam etti. Ben de dirseğimi kapıya yaslayarak uykulu şekilde dinlemeye devam ettim. "Evi çöplük gibi kullanıyorsun, üstüne üstlük komşular sürekli seni şikâyete geliyor, gecenin bir yarısı sesli müzik dinleyip mahalleyi ayağa kaldırıyormuşsun," dedi.

Şaşırmıştım, çünkü apartmanda benim haricimde oturan tek insan vardı, o da benden üç kat yukarıdaki kulaklarında sorun olan tatlı ve uysal bir teyzeydi, gerekmedikçe evinden dışarı bile çıkmazdı, ki onun beni şikayet edeceğini düşünmüyordum.

Alaycı bir şekilde, "Kimmiş o beni şikayet eden komşular?" diye sordum.

"Yan apartmandan."

"Yan apartmanın amına koyim, son ses türkü dinlemek hangi insanı rahatsız eder ki?"

"Demek ki ediyormuş!"

"Eyvallah! Bittiyse yatıp uyucam."

"Diyeceklerim daha bitmedi, bu ay ki kiran..." derken kapıyı çektim yüzüne yavşağın. Sabahın köründe kafam sikilmişti. Kapının arkasından sesini yükselterek konuşmaya devam etti ancak ben çoktan yatağımın yolunu tutmuştum. Birkaç dakika yattıktan sonra tam uykuya dalacakken tekrar o amına koduğumun zili çalmaya başladı. Zili kopartıp atmanın vakti gelip geçmişti bile.

Kendi kendimi bir yandan sakinleştirmeye çalışıyordum bir yandan da istemeyerek de olsa siktiğimin kapısını açmaya gidiyordum. Kim olduğunu sormadan agresif bir şekilde kapıyı açtım. Kapıyı açar açmaz, karşımda uzun süredir görüşmediğim eski mahalleden sürekli takıldığım yakın dostum Kaan belirdi. Buralara pek uğramadığından şaşırmıştım haliyle. İki kelam ettikten sonra içeri buyur ettim, öyle geçerken uğramışa benzemiyordu. İçeri geldi ama yüzünde bitkin ve yorgun bir ifade vardı. Biraz soluklanması için salona geçmesini söyledim, ben de ayılmak için elimi yüzümü yıkadım. Banyodan sesimi yükselterek işlerinin nasıl gittiğini, neler yaptığını sordum. Pek bir farklılık olmadığını söyledi ama yeni ortaklıklarla işlerini daha da büyültmeyi planladığından bahsetti. Salona döndüm, sırtını sıvazlayıp birkaç defa ensesine vurduktan sonra karşısına geçip oturdum. Kahvaltı yapıp yapmadığını sordum; karnının aç olmadığını, sadece öyle iki çift laf yapmak için geldiğini söyledi. Ben de sehpanın üzerindeki su şişesine uzandım, biraz su içip içimin ateşini söndürdüm.

Bir şeyler anlatmak istediğini duruşundan anlayabiliyordum ancak anlatmayı sevmezdi, anlatmaya mecbur kalmış gibi bir hali vardı. Konuşurken gözlerinin dolduğunu, birkaç cümle sonra ağlayabileceğini seçtiği kelimelerden anlayabiliyordum.

"Özlettin lan kendini nerelerdesin neler yapıyorsun?" dedim.

"İş güçle uğraşıyoruz ya napalım." dedi.

Elimdeki şişeden biraz su doldurup uzattım. "Noldu lan, hayırdır? Sıkıntılı gördüm biraz seni. Buralara uzun süredir uğramamıştın, hangi rüzgar attı seni buraya?" dememle uzattığım suyu içip, "Zorunda hissediyor abi, yemin ederim zorunda hissediyor!" dedi, cümlesine tam devam edecekken araya girdim.

"Dur bi lan, ne zorunluluğu oğlum, neden bahsediyorsun? Baştan başla."

"Aslı'yı biliyorsun işte abi, ondan bahsediyorum.."

"Ee nolmuş ona"

"Hep bir şeyler olsa da gitsem edasıyla bakıyor. Bahane bulmaya çalışıyor, bahane üretmemesi için yemin ederim elimden gelen her şeyi yapıyorum. Bir dediğini iki etmedim şu güne kadar. Doldum taştım, napsam yok! Git dememi bekliyor gibi hep napcağımı şaşırdım. Hani çekip gitse bir gün üzülürüm abi, yıllar geçtikçe o da geçip gider aklımdan. Ama böyle her gün gözümün önünde beni istemediğini görmek, hissetmek... Kafayı yiyecek gibi oluyorum abi." dedi ve yutkunarak sözlerine devam etti. "Karşımda öyle ruhsuzca duruyor ki, gözleri hep birilerini bekler gibi bakıyor, ki ben en çok buna dayanamıyorum.."

Devam edecekken tekrar sözünü kestim, "Madem o gitmiyor sen git lan, ne diye duruyorsun halâ?" dedim ve kısa süreli bir sessizlik oldu.

Biraz bekledikten sonra çaresiz bir tavırla, "Abi bizim olayları en iyi sen biliyorsun işte, benim baba da bizi istemedi. Bıraktı ailesini, yuvasını, çocuğunu, karısını. Her şeyi geride bıraktı gitti. Kim için, ne için gittiğini bilmiyoruz. Annemi de biliyorsun, babam gittikten bir yıl sonra vefat etti. Yani tam anlamıyla ailem hiç olmadı... Onlar da birbirlerini çok sevmişler zamanında sonra ben doğmuşum, her gün bi kavga her gün bi sıkıntı. Ben onlar gibi olmak istemedim, doğru düzgün bi ailem olsun istedim, aileme dört kolla sarılıp bırakmamak istedim. Şimdi sen diyorsun ki bırak aileni, yak yık her şeyi git. Nasıl gideyim abi? İnsan ailesini bırakıp nasıl gider, aklın alıyor mu?"

"Bekle burada geliyorum," dedim. Mutfaktan iki tane rakı kadehi ve dolaptaki soğuk rakıyla suyu alıp salona geri döndüm.

Kadehi kırarmışçasına masaya vurdum, açtım soğuk rakıyı doldurmaya başladım.

"Abi içmicem," diyerek burun kıvıracaktı ki, "Kes lan sesini, içeceksin!" diye karşı çıkınca sustu. "İki aydır dolapta içilmeyi bekliyordu, kısmet bugüneymiş," diyerek rakıyı doldurmaya devam ettim. Gözlerinin dolduğunu gördüğümde doldurmayı bıraktım. Eğer rakı kadehinden önce gözler doluyorsa, bir şeyler hep eksiktir diye düşünürüm.

Bardağını doldurduktan sonra yere çömelip sırtımı koltuğa yasladım, ayaklarımı uzattım. Kendi kadehimi de doldurduktan sonra üzerine çok az da su koydum. Kadehimden bir yudum alırken bana ağlamaklı gözlerle baktığını fark ettim. Sesimi yükselterek, "İç onu," dedim.

Suyu işaret ederek vermemi istedi, konuşamıyordu. Boğazının düğümlendiğini hal ve hareketlerinden anlıyordum.

"Su yok, iç onu!" diyerek rakıyı işaret ettim ve sözüme devam ettim. "Madem dertlisin, kederlisin o halde sen bugün bu rakıyı susuz içeceksin. İtiraz yok!" dedim.

Yüzüme birkaç saniye mahzun şekilde baktıktan sonra rakının neredeyse yarısını içine çekti. Rakı kadehini masaya vururken yüzündeki mahzun ifade yerini sert ve ciddi bir hale bıraktı.

"İşte gerçek ilaç budur!" diyerek elimdeki rakı kadehini ona doğru kaldırırken, "Değerimizi bilmeyenlere!" dedim.

Efkârlanmış olacak ki ardımdan kadehinde kalan rakısını da içine çekti. Biraz daha sakindi ancak yerde duran suyu kaparak kafasına dikti. Belli ki rakı biraz yakmıştı. Ses etmedim. Geriye yaslandı ve biraz da olsa kafasının rahatladığını düşünmüştüm. "Bu arada sabah rakı içmek, deneyimlerin en güzellerindendir. Değerimi bil, kimseye yapmam böyle güzellikler," dedim.

"Ben viski seviyorum," dedi.

'Bulduğuna şükret piç!' diyecektim ki, içimden bir ses rakının etkisiyle böyle konuştuğunu söyledi. "Bi dahaki sefere viski alırsın, onu içeriz o zaman." dedim ve ayaklandım. Mutfağa giderek, turşu kokmuş dolabımdan yarım kalmış acılı şalgam suyunu aldım, salona geri döndüm. Oturmadan eski antenli radyomu açtım, hep dinlediğim kanallardan birisi açıktı yine. Radyonun sesini, sesimizi bastırmayacak şekilde ayarlayarak yerime geçtim. Elimdeki şalgam suyunu uzatarak içip içmeyeceğini sordum. "Rakı kâfi," diyerek sol elini göğsüne doğru vurdu, reddetti. Ben de birkaç gün öncesinden kalma yarım acılı şalgamı tek başıma gömdüm, ancak sabah sabah midemi sikmişti çünkü daha kahvaltı etmeden mezesiz rakı ve acılı şalgamı yapıştırıyordum.

"Her neyse! Anlatmaya devam et bakalım," dedim ve sehpada duran bir iki günlük tuzlu krakerlerden midemin acısını alması için ağzıma attım.

"Ne anlatayım ki!" dedi.

"Bahset işte bir şeylerden, neden bu kadar kafana taktın her şeyi? Anlat işte oğlum, her boku tek tek soramam ki, ne derdin varsa dök ortaya."

"Garip birisiydi, anlamıştım ama yine de hoşuma gitmişti. Benim gibi resim yapmayı, fotoğraf çekmeyi seviyordu. Ne bileyim işte, ara sıra da değişik bilim kitapları okur, saatlerce çizgi film izleyip bütün gün tıkanacak bir şeyler arardı. Hayal kurmayı da çok severdi, her gece hayallerinden bahsederdi. O bana hayallerinden bahsettikçe ben de kendimi onun hayallerinde bir yerlere yamamaya çalışırdım, meğer hayallerinin arasında ufak da olsa yerim yokmuş. Sonradan anladım. Ama buna zamanla da olsa alıştım, tıpkı ona alıştığım gibi. Keşke alışkanlıkları elde ettiğimiz gibi kolay bırakabilsek. Benim de alışkanlığım Aslı oldu. Bırakıp gidemedim, onun da gitmesine mani olmadım ama garip şekilde o da gitmedi. Şimdi her şey bu kadar düzenliyken, ne uğruna bu düzeni yıkıp gidecek anlamıyorum, anlamak da istemiyorum. Bunca güzel hatıra, bunca yaşanmışlık varken, her şey iyiyken birdenbire araya neden soğukluk girdi, anlam veremiyorum. İşte bu yüzden kafayı yiyecek gibi oluyorum. Şimdi bir daha kime bu kadar güvenip kapımı açıcam ben? Nasıl olacak, hiç bilmiyorum."

"Ben de bilmiyorum," dedim ve biten rakılarımızı tazeledim. Biraz buz, biraz da dolapta kalan birkaç günlük mezelerden getirdim. Biraz rakı yudumlayıp biraz da mezelerden ağzımıza attıktan sonra, "Siz nasıl tanıştınız lan?" diye sordum.

O günlerin özlemini çekiyormuş gibi gülümseyerek, "Sabahın ilk ışıklarına kadar sağanak yağmur yağmıştı. Toprak kokusunu sevdiğimden camı pencereyi açmış, evi havalandırıyordum. İlk defa kahvaltı yapmak istedi canım, ben de giydim eşofmanları, bağladım ayakkabımı, attım kendimi dışarıya. İki mahalle yukarıdaki fırına gideyim diye düşündüm, birkaç poğaça alıp çay ve peynirle yiyecektim. Gittim aldım, giderken afyonum patlamadığı için sağa sola bakmamıştım, eve dönerken otobüs veznelerinin oralarda banklar var bilirsin, oradan geçerken önünde valiziyle ıslak banka oturmuş birini gördüm. Öyle sokakta kalmış, zor durumda olanlarla ekmeğimi bölüşmeyi severim çünkü zamanında ben de sokakta kaldım, aç kalmanın ne demek olduğunu iyi bilirim. Her neyse! Çok fazla düşünmeden gittim yanına. Baktım baya kızgın ve sinirli bi hali vardı, üstünden başından uzun süredir sokakta kaldığını anlamıştım. O günde sokakta bi tane insan bulamazsın, hatta insanı geç kedi köpek bile yoktu. Başını ellerinin arasına almış, kara kara düşünüyordu. Beni fark etmedi, bir süre öyle izledim. Poşetteki sarılmış poğaçalardan bir tane çıkarıp uzattım. Birden yaklaşınca irkildi. 'Sen kimsin ya!' diyerek tepki göstermişti ancak sesini duyduğumda o kadar hoşuma gitmişti ki, ne diyeceğimi bilemedim. 'Peynirli poğaça yer misin?' diye sordum. 'Yok, teşekkür ederim,' dedi. Ben de elimdeki poğaçayı tekrardan poşete koyup başka bir poğaça aldım, 'Bak bu zeytinli poğaça!' diyerek tekrar uzattım. 'Karnın acıkınca yersin, al çekinme,' diyerek tebessüm ettim. Sesini duyduktan sonra harbi fena mal olmuştum. 'Yok aç değilim,' dedi ama sesinde mahcupluk vardı. Biraz konuşmaya çalıştım ama nafile. 'Her neyse, ben şuradaki evde oturuyorum,' diyerek bizim evi tarif ettim. 'Eğer yiyecek bir şeyin, kalacak bir yerin olmazsa bu havalarda sığınacak yer aramana gerek yok, evimin bir tane odası boş, yatacak yer veririm, sorun değil,' dedim. Kararlı bir şekilde kabul etmedi, teşekkür edip hiç istifini bozmadan oturmaya devam etti. Gülümseyerek, 'Önemli değil,' dedim ama arkamı dönüp gitmek o an o kadar garip gelmişti ki, onu orada sahipsiz şekilde bıraktığım için kendimi suçlu hissetmiştim ancak zorbalık yapamayacağıma göre doğru olanı yaptığımı düşündüm..."

"Ee noldu sonra, gelmedi mi?"

"Yok valla, uzun süre ne geldiğini duydum ne de bir daha o çevrelerde gördüm. Zaten ilk defa görmüştüm onu bu taraflarda. Etrafta göremeyince aklımdan çıkmıştı zaten. Aradan birkaç hafta geçti. Güneşli bir cumartesi sabahı elektrik tellerinin üzerindeki kuşların cıvıltıları eşliğinde sokaktan gelen takur tukur valiz sesini duydum, ne zaman valiz sesi duysam bakarım kim geçiyor diye. Sanırım hep onu bekliyor gibiydim. Meraklı bi şekilde pencereden baktım ama o mu değil mi pek çıkartamadım çünkü uzun süredir görmemiştim ama yine de valizinden ve saçlarından ona benzettim, arkasından tereddütlü şekilde, 'Pardon! Bakar mısın?' gibisinden seslendim. İlk başta duymadı, ben de kuvvetli bi şekilde bağırdım. Arkasını dönüp baktı ve aradığı adresi bulduğundan eminmiş gibi yüzüme bakıp tebessüm etti. 'Burayı mı arıyordun?' dedim, cevap vermeyerek evet dercesine başını hafif öne eğdi, sağ eliyle valizini takur tukur çekerek apartmana doğru yöneldi. Aşırı heyecanlanmıştım, napcağımı bilemedim. 'Açıyorum kapıyı, gel,' dedim. Baya da sevimli bi tipi vardı. Her neyse! Kapıdan içeriye doğru bir baktı, 'Gelmeyecek misin?' dedim ama halen ilk gün gördüğüm gibi çekingendi. Korkarak mahcup yanaştı başlarda ancak ben sıcak davrandığım için kısa sürede alışmış gibiydi. Sıcak çay koyup kahvaltılık birkaç şey çıkarttım. 'Ne var ne yok artık onu yicez,' dedim. Ama pek aç değil gibiydi. Üç beş lokma yiyip evin halinden şikâyetçi olmaya başlamıştı bile. Evi sahiplendiğini hissedebiliyordum. 'Tam bekâr evi! Bu kadar dağınıklığın, pisliğin arasında nasıl yaşıyorsun?' diye söylenmeye başladı. Güldüm geçtim. O ama işi ciddiye almış olacaktı ki, daha valizini boşaltmadan kahvaltıdan sonra kendince evi derleyip toplama kararını almıştı çoktan. Ben de bir şey demedim. Kendini evinde gibi hissetmesini ve istediği kadar kalabileceğini söyledim. Başlarda normaldi her şey, öyle çok farklı şeyler hissetmemiştim, sıradan birisi işte diyordum kendi kendime. Ancak ben fark edememiş de olsam karanlık, kasvetli kişiliğimin ve evimin ışığı gibi olmuştu adeta.

İlk defa birisi benim için güzel yemekler yapmış, rahatım için evi derleyip toparlamıştı. Bu değişiklik, yani temizlik ve düzen bana hayli iyi gelmişti ama gitmek de istiyordu, gitmemesi için epey bir dil dökmüştüm. Çünkü evde çocuk gibi davranan neşeli ve sıcakkanlı birisi olmuştu, ara sıra bana küsüp konuşmamazlık etse de gönlünü almak için her türlü şeyi yapıyordum. Çoğu zaman neye kızdığını bile hatırlamıyordu. Ve pamuk şekere asla hayır diyemiyordu, ne kadar kızmış olursa olsun hemen yelkenleri suya indiriyordu. Pamuk şeker benim en güzel silahımdı."

Cümlesini bitirir bitirmez söze girdim.

"Henüz gitmemişken seni ondan vazgeçiren şey ne?"

"Ben vazgeçmedim ki."

"Kazanmak için çabalamayı bırakırsan vazgeçmiş sayılırsın," dedim, cevap vermedi. "Ayrıca her şeyi bu kadar nasıl net hatırlıyorsun?"

"Bilmem, hiç düşünmedim," diyerek rakısından birkaç yudum alıp sigarasını yaktı. "Sanırım onun olduğu her konuyu eksiksiz ezbere biliyorum," dedi.

"Güzel hafızan varmış, hadi bana da bi dal sigara uzat," dedim, kendi yaktığı sigarayı uzattı.

"Sigaradan da çok tiksinir, ne zaman içsem yanımdan uzaklaşır. O yüzden sigarayı da bırakmıştım."

"Gerçek sevgi bu galiba... Sanırım ben kimseyi sigarayı bırakacak kadar çok sevmedim..."

"Keşke tekrardan başlamasaydım."

"Keşke sigarayı hiç bırakmasaymışsın."

"Neyse," diyerek ayaklandı. "Senin kafanı da siktik derdimizle, bana müsaade artık ben kaçayım, dükkanı boş bırakmaya gelmez. Bu arada rakı için de sağ olasın, bir dahaki sefere bendeyiz," dedi.

"Eyvallah sen bilirsin, kafamın sikildiği yok. Senin derdin benim derdimdir, ne zaman anlatmak istersen ben buradayım," dedim ve uğurladım. Morali az da olsa toparlanmış gibiydi.

***

2. BÖLÜM

İşsizlik maaşıyla kalınabilecek bütçeme uygun derme çatma odası ve sokağa penceresi olan bir ev arıyordum. Aksi halde kısa süre sonra sokakta kalacaktım. Bet suratlı orospu çocuğu ev sahibinin o sikik çenesini çekmemek için sabah erken saatlerde civarlarda bulunan emlakçıları dolaşmaya başladım. Neredeyse bütçeme uygun olan tüm evler ya zemin katıydı ya da bodrum katıydı. Birkaç emlakçı daha turladıktan sonra ilk başta baktığım zemin katındaki evde karar kılmıştım. Alelade bir ev değildi ancak oturduğum evden daha lükstü. Temiz bir banyosu, tuvaleti ve mutfağı vardı. Gerisi zaten sikimde değildi. İçki haricinde pek masrafım olmadığından ister istemez para biriktirmiştim. Hemen kira kontratını imzalayıp, üç aylık peşin parayı da kenarda olan paramdan verdim. Evde çok eşya olmadığında nakliyeyle uygun bir fiyata anlaşıp eşyaları bir saat kadar kısa sürede taşıdık. Eşyaları yerli yerine koyduktan sonra markete gidip biraz yemeklik alışveriş yapmak gerekiyordu ama çok yorulmuştum ve az param kalmıştı. İşsizlik maaşını almama da yaklaşık yedi gün falan vardı. Anlayacağınız siki tutmaya yakındım. Yine de cebimdeki son kuruşa kadar eve yiyecek bir şeyler aldım. Alkol yok sigara yok, bi sikim yok. Kafayı yemeye ramak kaldı. Sonra aklıma Kaan geldi, aradım. Yeni ev tuttuğumu söyledim. İki çift laf etmek için çağırdım. Biraz mırın kırın etti, ben de küfür ettim. Sinirlendiğimi anlayınca tamam geliyorum dedi, ben de adresi verdim. Zaten bir arka sokakta oturuyordu, hemen gelir diye aldığım ıvır zıvırlardan çıkartıp beklemeye başladım. Beklerken emektar radyomu da açayım dedim ama açılmadı. Radyonun bozulduğunu düşündüğümden, vurarak çalıştırabileceğimi düşündüm. Ancak bana mısın demiyordu. Yavaştan karanlık da çökmüştü, ışıkları açıp bir daha kontrol etmek istemiştim ki ışıkların da yanmadığını fark ettim. Boşu boşuna radyoyu hırpalamıştım, çünkü elektrikler yoktu. Evin sigortasına baktım, açık görünüyordu. Şansımı sikeyim diye söylenmeye başladım. Kapıyı açıp apartmanda elektriklerin olup olmadığını kontrol ettim, apartmanın elektrikleri düzgün şekilde çalışıyordu. Tek sorun bendeydi sanırım. Ana sigortayı kontrol etmek için su sayaçlarının yanındaki elektrik panosuna gittim. Bizim dairenin elektrikleri kapalı görünüyordu, tekrardan açtım. Neyse ki radyonun çalışmaya başladığını duydum, elektrikler gelmişti. Elektriklerle bir Kaan'nın da geldiğini gördüm. Elini zile basmak için kaldırmıştı ki yalın ayak kapıyı gidip açtım.

Kaan elinde viski şişesini havaya kaldırarak mutlu bir yüz ifadesiyle, "Viski borcum vardı di mi?" dedi. Ben de mütevazi bir şekilde, "Ne zahmet ettin lan, gerek yoktu," diye karşılık verdim.

"İyi madem istemiyorsan iade edeyim o zaman."

"Salak mısın, gel şuraya amına koyim, içeriz," diyerek güldüm.

Halıları, yatakları yerli yerine koymuştum ancak çanak çömleği kutudan daha çıkartmamıştım. Kutuları yırtarak iki tane viski bardağı çıkartıp Kaan'a uzattım. Kaan viskileri doldururken bende dolaptan buz getirmeye gittim ki elektrikler yeni geldiği için dolapta buzdan eser yoktu.

"Bi işimiz de rast gitsin be amına koyim," diyerek salona gittim, "Boşuna doldurdun, buz yok olum."

"Nasıl yok? Neyse siktir et, buzsuz içeriz biz de."

"Olur mu lan öyle şey! Bekle bakalım, belki markette vardır, bi koşu gidip geleyim."

"Sen bilirsin ama gerek yok, böyle de içeriz."

"Dur sen ben geliyorum," diyerek markete doğru tam çıkarken cebimdeki tüm parayı markette harcadığım geldi aklıma. Apartmanın içersinde biraz bekledikten sonra sinirli bir şekilde geri döndüm. "Yokmuş amına koyim... Neyse dolapta birkaç saat önce aldığım soda vardı ondan getireyim o az da olsa soğuktur," dedim. Dolaptan sodaları kaptım, soğuk gibiydi. Biraz da olsa viskinin sertliğini kesmesi için iyi akıl etmiştim. Birkaç yudum aldıktan sonra, "Çağırmasam gelmeyeceksin bile lan," diye sitem ettim.

"Ya oğlum gelcem de sürekli bi muhabbetler çıkıyor."

"Hadi lan ordan, tatava yapma şimdi bana."

"Harbi diyorum lan."

"İyi öyle olsun, Aslı napıyor? Aranız nasıl oldu?" dedim ve çıkarttığım ıvır zıvırlardan ağzıma birkaç tane attım.

"Bu aralar hep hasta, işte yani değişen pek bir şey yok."

"Seni daha bi keyifli gördüm bugün, hayırdır?"

"Yok be her gün aynı bok.. Neyse açmayalım şimdi bu konuları, asıl sen nabıyon oğlum, işler güçler nasıl gidiyor?"

"Sikim gibi gidiyor, dört ay önce kovuldum. Şimdi yan gelip yatıyorum,"

"Aman siktir et, her şey olacağına varıyor. Takma kafaya."

"Öyle de insan ister istemez kafaya takıyor işte. Bi de bizim dükkandaki kiracı çıktı. Oradan üç beş lira ekstradan gelir oluyordu o da yok şimdi amına koyim."

"Olsun be oğlum toparlarsın yakında."

"Bakalım, umarım toparlarız."

"Senin kız noldu lan?"

"Hangi kız?"

"Pirsik mirsik takılı olan bi kız vardı ya, hatırlamıyon mu lan?"

"Hee onu diyorsun, siktirip gitti ya. Sevememiş, alışamamış falan bi ton hikâye anlattı. Takmadım ben de. Yalnızlık şu an iyi, kafamı sikmek istemiyorum kimseyle."

"İyi yapmışsın, siktir et, sen en iyisini yapıyorsun," derken telefonu çalmaya başladı. Meşgule attı. "Benimki arıyor"

"Niye açmadın?"

"Eve çağıracak herhalde," diyerek elindeki viskiyi masaya koydu.

"Açsaydın ya telefonu, belki başka bir şey diyecekti lan."

"Gideyim şimdi, zaten biliyorsun sürekli hasta. Yalnız kaldı mı daha beter oluyor."

"Ateş almaya mı geldin amına koyim, bu ne hız lan?"

"Görüşürüz oğlum ya, laflarız yine. Bak zaten bayram geldi," diyerek alelacele yerinden kalkıp ayakkabılarını giydi.

"İyi bu sefer böyle olsun," dedim ve kapıyı kapatarak bir bardak daha viski içtim. Yeni evimde ilk gecemdi, televizyonun uydusu olmadığı için radyoyu açtım, yatağıma geçip uyudum.

***

3. BÖLÜM

Biraz dağınıktım, toplamayı da sevmezdim. Birilerinin gelip benim düzenimi sağlaması, pisliğimi temizlemesi de hoşuma gitmezdi. Dağınıklıkta kimine göre düzendir, yani en azından benim için öyle..!

Sanırım yavaş yavaş anneanneme benzemeye başladım. Çünkü ona ne zaman, neden bütün evi dağıttın desem, toplamanın en iyi yöntemi dağıtmaktır derdi. Belki haklıydı ama hep dağınık bırakırdı. Belki de toplanmayı sevmiyordu, bilmiyorum... Her neyse! Günlerdir yerde duran pantolonumu kaldırıp iki üç defa silkeledikten sonra üstüme çektim. Koltuğun kenarına sıkışmış olan siyah kareli gömleğimi de aldıktan sonra biraz bayatlamış bisküviyi ağzıma atıp dışarı fırladım. Sokak lambaları daha sönmemişti ama hava aydınlıktı ve sokakta, sokak hayvanlarından başka bir şey yoktu. Hep böyle olmasını isterdim... Köşedeki simitçiden atıştırmalık bir şeyler aldıktan sonra mezarlığın yolunu tuttum, bir yandan da tıkındım. Mezarlığa yaklaştıkça biraz daha heyecanlanmıştım. Garipti çünkü en son çocukluğumda gelmiştim ve o zamanlar pek de bir şey anlamıyordum. Başlarda biraz içim ürperse de mezarlığın içerisinde dolaştıkça rahatlamaya başlamıştım, bir nevi gelecekteki evimin ziyaretine gelmiş gibiydim. Yüzlerce belki de binlerce mezar vardı, aradığım mezarın sadece ismini biliyordum soyadı da hayal meyal aklımdaydı. Köşelerde bir yerdeydi ancak benim ilk geldiğim zamanlarda bu kadar dolu değildi, epey dolaştıktan sonra bir tane mezarlığın mermerine oturarak biraz soluklandım.

Etrafa biraz göz gezdirdim ancak benim haricimde çok insan yoktu. Öyle tek tük gelmiş ziyaretçiler ellerindeki dua kitaplarıyla dualarını okuyup mezarlarını suluyorlardı. Dinlendikten sonra kalkıp devam edecektim ki yaklaşık yirmi otuz metre ilerideki bir mezar dikkatimi çekmişti, mezarının üzerinde pembe bir şeyler vardı ben de merakımdan gidip bakmak istedim.

Yaklaştıkça pembe şeyin aslında pamuk şeker olduğunu gördüm, temiz ve bakımlı bir mezardı. Garip gelmişti, hangi ruh hastası çiçek yerine pamuk şeker alır ki diye söylendim kendi kendime. Gerçi çiçek de aynı bok. Yaşarken alınmayan çiçekler ne diye öldükten sonra alınır anlam veremiyorum.

Biraz ötede duran çalılardan kaybolmuş birkaç mezar dikkatimi çekti, acaba bu olabilir mi diye yanaşıp otları çektim, baktım. Birkaç tanesini kontrol ettikten sonra sonunda Galip Dayının mezarını buldum. Mezara yıllardır gelen giden yoktu sanırım. Çünkü hep yabani kuru otlarla dolmuştu mezar. Ben de ellerimle otları avuçlayarak kopartmaya başladım. Zira benim haricimde bunu yapacak birisi yoktu. Mezarla epey oyalandıktan sonra birkaç mezar aşağıda dua eden ağır abi kılıklı bir dayı yanaştı yanıma. Etrafı bir süre süzdükten sonra tok bir ses tonuyla sordu.

"Neyin olur?"

Kalan üç beş otu daha çekiştirirken kafamı kaldırıp bitkin bir halde, "Eski komşumuz," dedim.

"Yardım istersen çocukları çağırayım,"

"Yok sağ olasın, hallettim sayılır," diyerek mezarın kenarına oturdum. Bütün mezarı neredeyse temizlemiştim. Biraz dinlendikten sonra mezarın kenarında unutulmuş su dolu pet şişeyle de mezarın mermerlerini yıkayıp, yan mezarlardaki çiçeklerden kopartıp Galip Dayının mezarının üzerine bıraktım. Birkaç dakika önce yanıma gelen dayının yanına giderek, "Senin çocuklar neredeler?" diye sordum.

"Öz çocuklarımdan mı bahsediyorsun, onlardan bahsediyorsan onlar yok. Ne annelerinin mezarına uğrarlar ne de benim yanıma gelip elimi öperler. Gerçi istemem, gelmesinler de," dedi sitemli bir şekilde.

"Sen çocukları çağırayım deyince ben de kendi çocuklarından bahsediyorsun sandım."

"Yok, buradaki herkes beni tanır. Çocuğum gibidir hepsi. Allah razı olsun hepsinden bir dediğimi iki etmezler. Kendi evlatlarımdan görmediğim hayrı yedi el yabancıdan gördüm, neyse sağlık olsun." dedi. Göstermemeye çalışsa da içi biraz buruk gibiydi.

"Öyle tabii... İyi ki ben de evlenip çoluk çocuk yapmıyorum he," diyerek biraz ortamdaki kötü havayı silmek istedim.

"Öyle deme, gün gelir çocuk yapmayı göze alacak kadar birisini seversin, hiç anlamadan eline dört tane çocuğu verir, ne olduğunu anlamazsın," dedi ve gülümsedi.

"O biraz zor işte," dedim alaycı bir tavırla.

"Başlarda herkes böyle konuşur, ben de böyle konuşurdum. Hayatta evlenmem derdim, evlendim. Sonra hayatta bir çocuktan fazlasını yapmam derdim dört tane yaptım. Hanıma benden önce ölürsen seni hayatta affetmem derdim, affetmemek ne kelime, kızamadım bile. Sonra onsuz hayatta yaşayamam da dedim kendi kendime, bak gördüğün gibi yaşıyorum. Hayatta yapmam dediğim her şeyi teek teek yaptım. O günden bugüne kadar büyük konuşmamayı anca öğrendim. Bak Sebahat Teyzen öleli dokuz sene oldu. Her ay ziyaretine gelmeye çalışırım. Kafama takılan her şeyi anlatır rahatlarım. Bir gün olsa bile dinlememezlik yapmadı. Kavga etmeyi de sevmezdi, ben biraz sesimi yükselttim mi susardı, konuşmazdı. Sinirimiz geçinceye kadar ayrı ayrı koltuklarda otururduk. Sonra göz göze gelir, gülerdik. Sağ olsun bir kere bile sesini yükseltmedi bana. Çok severdi ama hiç de kıskanmazdı beni. Bilirdi gözlerimin ondan başkasına bakmayacağını, içi rahattı. Çoğu zaman bakışlarımız, susuşlarımız konuşacağımız şeylerin özeti gibi olurdu, anlardık birbirimizi."

"Güzel sevmişsiniz. Peki sizin gibi aileden böyle vefasız, hayırsız evlat nasıl çıkmış hayret doğrusu."

"Dünyanın rengine kandılar be oğlum. Birbirinden güzel kız güzel oğlanları buldular, bize fikrimizi bile sormadılar, 'Baba, ben seviyorum,' diyerek çekip gittiler. Bir kere bile el öpmeye gelmediler. Düğünlerine bile hanımın zoruyla gittim. İşte yıllar sonra bayram değil seyran değildi büyük oğlan aradı, güya halimi hatırımı sormak için aramış," dedi ve içi acıyormuşcasına bir gülümseme attı.

"O kadar zamandan sonra aramasının sebebi neymiş?"

"Ölmemi bekliyorlar ya ne olacak, hepsinin gözü kalacak mirasta. Yoksa neden arasınlar. Beni ziyaret etmek istiyorlarmış, yıllar sonra akıllarına gelmişim..."

"Yalakalık yaptıracak kadar iyi bi miras demek ki!"

"Sayılır, bana da babamdan miras kaldı, bir kuruşuna bile dokunmadım. Babamın tek oğluydum. Her şeyime karıştığı için on altı yaşında kaçtım gittim evden. Bana bir şeyler bıraksın diye peşinde dolanmadım hiç. Ne yaptıysam dişimizi tırnağıma takarak yaptım. Yapmadığım iş kalmadı. Şükür aç açıkta kalmadık hiç. Kendi biriktirdiklerim de var. Çok şükür yetiyor. İşte geçenlerde vasiyetimi avukata verdim bile, bütün mal varlığım kanser hastalarının tedavi masraflarında kullanılacak. Bizim hayırsızların hiçbir şeyden haberleri yok. Bok yesinler."

"Çok dolmuşsun ama haklısın, ne denir ki. İyi de yapmışsın."

"Normalde hanıma anlatırdım bunları, gerçi o bile sıkıldı artık. Kusurumuza bakma oğlum, senin de kafanı şişirdik böyle."

"Estağfurullah! Olur mu öyle şey," dedim. "Ben kaçayım o zaman," diyerek iznini istedim. Dinlediğim için teşekkür etti, yalnızlık böyle bir şey işte. İnsana dinleyecek insan gerek. Ölüler her ne kadar iyi dinleyiciler de olsa insan bir süre sonra kendini şizofren gibi hissedebiliyor. Gitmeden mezarın yanında bıraktığım pet şişeyi de alıp girişteki çeşmeye bırakacaktım. Mezarlığın çıkışına doğru ilerlerken yine o mezarın önünden geçiyordum. O pamuk şeker bırakılmış mezarın önünden. Dikkatimi çekmişti; İpek Aslı Türker, doğum 1988, ölüm 2015'di. Mezarı göz ucuyla süzdükten sonra yoluma devam ettim. Biraz da olsa kafam rahatlamıştı. Sallana sallana evin yolunu tutmuştum. Biraz yolu uzatarak Kaan'ın dükkâna uğrayıp oradan da eve geçmek istedim, biraz da soluk alırım diye düşünmüştüm ki dükkânın kapalı olduğunu gördüm. Hâlbuki Kaan bayram seyran demeden, dükkânı açardı. Merak etmiştim ancak epey de uykum gelmişti. Eve geçip biraz istirahat eder, karnımı doyurduktan sonra ziyaretine giderim, diye düşündüm. Biraz pilav biraz marketten alınmış konserve yemeklerinden yedikten sonra yatakta biraz kestirdim... Şaşkındım, zira ilk defa rahatsız edilmeden rahatça uyumuştum.

***

Paran yoksa biteceği için üzülmezsin.
Hayatın yoksa sona ereceği için endişe etmezsin.

4. BÖLÜM

Yatağın yanında duran şişeden su içtikten sonra üzerimdeki kıyafetleri değiştirip Kaanların evinin yolunu tutacaktım ki daha çıkar çıkmaz iki tane müptezelin kavgasına denk geldim.

"Amına koduğumun yavşağı, ne kelime kaşarlığı yapıyon lan!" diye bağırıyordu koduğumun keşleri. Bir tanesini o gece satırla kovalayan elemana benzetmiştim. Birbirlerinin yakasına yapışmış sikik sikik kavga ediyorlardı. Kavgayı izleyenler ise ayırmak yerine seyirci kalmayı tercih ediyordu, bir nevi sokak dövüşü gibiydi. Ben de pek siklemeden yanlarından geçip gittim.

Kaan'nın evinin önüne geldiğimde biraz duraksadım, zillerin üzerinde isim yazmıyordu, kaçıncı katta oturduğunu düşünmeye başladım. Uzun süredir gelmediğim için hayal meyal hatırlıyordum. Dördüncü daire veya beşinci daireydi. İlk dördüncüye bastım ancak zil çalmadı. Bozuk olabileceğini düşündüm, beşinci zile bastım o da çalmadı. Zillerin bozuk olduğunu düşünmüştüm ki, apartmanın açık kapısından içeriyle daldım. Işıklarının da yanmadığını fark ettim. Elektrikler yoktu, ben de duvarları elleyerek üçüncü kata kadar zor da olsa geldim.

Kapıyı tıklattım ama kapının aralık olduğunu fark etmem uzun sürmedi, kapıyı biraz itekledikten sonra içeriye doğru baktım. Kaan kulaklığını takmış bir yandan müzik dinliyor bir yandan da elindeki fotoğrafları duvara yapıştırıyordu. "ALO-OO!" diye bağırsam da duymadı, ben de ayakkabılarımı çıkartıp içeri girdim. Korkutmak istemediğim için biraz daha geride durup beni fark etmesini bekledim. Çok geçmeden beni fark etti, kulaklığını hızlıca çıkartıp ayağa kalktı.

"Ooo kardeşim gelmiş, hoş geldin," diyerek sarıldı.

"Hoş bulduk kardeşim. Dükkânı kapalı görünce merak ettim, dedim şuna bi uğrayayım, uğraşmışken de geçenden kalan viskiyi getirdim, içeriz diye düşündüm," dedim ve güldüm.

"İyi düşünmüşsün, tabii içeriz lan ayıp ettin," dedi yerdeki dağınıklığı el çabukluğuyla toplayarak kenara koydu, komodinin içinden toz içinde kalmış viski bardaklarını çıkarttı.

Mutfağa bardakları yıkamaya gitmişti, ben de yıllardır uğramadığım için evde neler değiştirdiğine bakıyordum. Genel olarak aynı olsa da eve kadın elinin değdiği belli oluyordu. Ayrıca Aslı'yla birlikte geçirdiği anları fotoğraflayıp bütün evin duvarlarına yapıştırmıştı. Fotoğraflarının altına da ufak ufak notlar düştüğünü görüyordum ancak uzaktan tam net okunmuyordu. Ben evdeki değişikliklere bakarken, Kaan da viskileri doldurup geldi.

"Yoruldum be oğlum, çalış çalış nereye kadar. Sikerim işini gücünü dedim, çektim kepenkleri. İşte gördüğün gibi yatıyorum."

"Tabii lan yat dinlen, tatil senin de hakkın. Bu arada kapı açıktı içeri girerken, sen mi açık bıraktın?"

"Evet ben açık bıraktım, kalsaydı öyle."

"Yok kapattım, neden açık kalsın oğlum? Hırlısı var hırsızı var, ne olacağı belli mi olur?"

"Bir şey olmaz merak etme," diyerek kapıya gidip tekrar aralık bıraktı.

"Görmeyeli kafayı yemişsin he, bu ne lan her yerde Aslı'yla fotoğraflarınız var? Ha! Bu arada Aslı demişken, o nerede?"

"Halen hasta, odasında yatıyor."

"Geçmiş olsun, ne zaman sorsam hasta! Nesi var bu kızın?" dedim ve ne zaman Aslı konusunu açsam moralinin bozulduğunu fark ettim.

"Bilmiyoruz, doktora götüreyim seni diyorum, ona da karşı çıkıyor. Hastaneye karşı fobisi varmış, bir de kokusundan tiksiniyormuş. Ne yapsam, ne etsem gitmeye ikna edemedim. Eczaneden birkaç ilaç aldım, onları da içmem ben diye tutturdu."

"Neden?"

"Hap yutamıyormuş, ben de gittim şurup aldım. Napayım ya en azından hem ona göz kulak oluyorum, hem zaten yorulmuştum da iş güç kovalamaktan, biraz dinlenmiş oluyorum," dedi.

Kendi kendime adamın rahatını bozduğumu düşündüm. Elimdeki viskinin keyfini çıkartıp giderim diye planladım. O da mutfağa giderek yiyecek bir şeyler çıkarttı.

"Sen burada keyfine bak kardeşim, ben aşağıdaki kasaba köfte sipariş etmiştim. On beş yirmi dakika sonra gel demişti, olmuştur herhalde, ben alıp geleyim."

"Tamam git kardeşim, bekliyorum," diyerek tuvalete girdim. O da köfteleri almaya indi. Ellerimi yıkadıktan sonra silecek havlu bulamadığımdan ellerimi üzerime sildim. Ardından antrede duran aynada tipime baktım, dağılmış saçımı başımı toparladım. Gözüm bir ara Aslı'nın kaldığı odaya kaydı. Kapısı yarım açık olan odaya doğru kafamı uzatarak içeriye baktım ancak içeride kimse yoktu. Kaan'ın odası aydınlık olduğundan orada yatabileceğini düşündüm ve merakla Kaan'ın odasına ilerledim, ama odanın kapısı kapalı olduğu için bakmaya çekindim. Yine de sessizce kapısını açıp bakmak istedim. Odanın kapısını açarken apartmanın kapısının çarptığını duydum. Odadan içeriye bakamadan kapıyı yavaşça kapattıktan sonra alelacele salona geçip oturdum. Doldurduğu viskiden birkaç yudum alıp keyfime baktım ve Kaan'ın gelmesini bekledim. Kaan köfteleri almış, evin girişinden, "Ulan bu kadar köfteyi ben tek başıma yiyemem, akşam yemeğine kal da birlikte rakıyla paketleyelim şunları. Hem yanına güzel kaşık salata da yaparız, fena olur he," dedi ve elindeki poşeti gidip dolaba bıraktı, sonra da yanıma gelip oturdu. "Cevap versene oğlum, kalacak mısın bak ona göre kızartayım köfteleri."

"..."

"Alooov duyuyon mu lan?" diye bağırdığında kendime geldim.

"Gözüm daldı amına koyim, noldu, ne diyon?"

"Köfte diyorum lan, yicen mi?"

"Rakı varsa neden olmasın?"

"Ayıpsın lan, ben o zaman köfteleri ateşe atayım," diyerek mutfağa gitti.

Ben de kalan birkaç yudum viskimi kafaya dikerek yanına gittim. O köfteleri pişirirken ben de masayı kurdum.

"Aslı yiyecek mi? Ona da servis açayım mı?"

"Sen aç, belki gelir,"

"Ne demek belki gelir, kaldırsana oğlum kızı, sürekli yatıyor. Yatmaktan hasta olmuş kız belli ki."

"Denedim, kaldıramadım."

"Yatağına götür madem, orada yesin."

"Denedim, yemiyor."

"Neden?"

"Aslı gitti."

"Nereye gitti oğlum? İçeride yatıyor dedin ya, kafa mı buluyon benimle?" dedim ve elimdeki rakı şişesini tezgâha bırakarak yüzüne baktım. Gözlerinin dolduğunu fark ettim, "Hayırdır oğlum neden gitti?" dedim. "Aslı öldü abi," dedi ağlamaklı ses tonuyla ve gözlerini ovuşturdu.

***

5. BÖLÜM

Sonra ikimiz de sustuk. Bir şey soramadım. Sofraya geçtik ama bir lokma bile yiyemedik. Kadeh boşaldıkça doldurdum. Uzun süre kapalı olan televizyonu izledik. Ölümü düşündüm durdum. Sonra, "Kimseye yakışmaz ölüm, özellikle sevdiklerimize," dememle yerinden kalktı. Sallanıyordu ama halen ayaktaydı, duvara yapıştırdığı sadece Aslı'nın olduğu bir fotoğrafı alıp boş bardağa yaslayarak yerine oturdu.

"Güzelliğine," diyerek kadeh tokuşturduk. Bir dikişte bütün rakıyı içip yeniden doldurdu. Aslı'nın öldüğüne inanamamıştım, ki Kaan da benim kadar inanmıyordu. Öldüğünü kabul etmek istemediği tavırlarından da belli oluyordu. Boğuk ve ağlamaklı bir ses tonuyla, "Gelecek bir gün inanıyorum, o kapıyı boşuna aralık bırakmıyorum ben. Elinde valizi, üstünde eskimiş elbiseleriyle gelecek. Beni bu karanlıktan, bu yıkıntıdan kurtaracak," dedi.

Cevap vermedim. Kadehi masaya koymasıyla, elini ağzına götürüp ağlamaya başlaması bir oldu. Sarıldım, "Boğuluyorum abi, birkaç metrekare kutu gibi yerde sıkıştım kaldım. Uzanmayı sevdiği o koltuğunda birkaç saç teli, sarılarak yattığı o büyük tüylü yastığında kokusu kaldı. Beynimin içinde halen ayak sesleri, bir de şu kapıdan ilk girişi. Silemiyorum hatırasını. Bir yanım yangın, diğer yanım uçurum. Bir yanım umut, diğer yanım intihar."

***

Bu da geçer dediğimiz hiçbir şey geçmedi,
aksine ciğerimizi sikip geçti.

Üzdüğünüz insanların kederinde ve ahında boğulacaksınız.
Vefalı insanlar olduğumuzu bir gece,
"Siktir git hayatımdan!" mesajı aldığınızda anlayacaksınız.
Sizin canınız yanmasın diye
Kendi canını yakan,
Sizin yüzünüz gülsün diye
Kendi acısını içine atan,
Sizin derdinizi kendine dert edinip
Kendi derdini unutan insanları
Binlerce defa özleyeceksiniz!